Animal Farm

동물 농장

惠園出版社

≪동물 농장 *Animal Farm*≫은 전체주의 국가가
성립되기까지의 과정을 그린 우화소설이며,
전체주의의 폭력성을 경고한 풍자소설이다.

제1장

매너 농장의 존스 씨는 잠자리에 들기 전 닭장에 자물쇠를 채웠다. 그러나 술에 너무 취한 나머지 쪽문 잠그는 것을 깜박했다. 둥그런 불빛이 새어나오는 손전등이 비틀비틀 마당을 가로지르는 그의 걸음에 따라 이리저리 흔들렸다. 그는 뒷문에서 장화를 벗어던지고 난 다음 주방의 맥주통에서 마지막으로 한 잔을 따라 쭉 들이켰다. 그런 다음 아내가 코를 골며 잠들어 있는 침대로 기어올라갔다.

침실의 불이 꺼지자마자 농장 건물에서는 웅성거리는 소리가 일기 시작했다. 미들 화이트 상을 탄 수퇘지 메이저 영감이 간밤에 꾼 이상한 꿈 이야기를 다른 동물들에게 들려주고 싶다는 전갈이 낮 동안에 빙 돌았던 것이다. 그들은 존스 씨가 잠자리에 들면 모두 큰 창고에 모이기로 되어 있었다. 메이저 영감(품평회에 나갔을 때는 월링던 뷰티라는 이름으로 불렸지만, 평상시에는 메이저 영감으로 통했다)은 농장에서 존경을 받고 있었으므로 그의 이야기를 듣기 위해서라면 모두 한 시간쯤은 잠을 미룰 자세가 되어 있었다.

큰 창고 한구석, 약간 높은 단상에는 메이저가 짚방석 위에 벌써 편안히 자리잡고 있었고, 그의 머리 위쪽 대들보에는 초롱이 걸려 있었다. 열두 살인 그는 최근 들어 굉장히 살이 쪘지만 당당한 풍채는 여전했다. 나서부터 한 번도 자른 적이 없는 송곳니가 뻗어 있어도 그에게서는 현명하고 인자함이

엿보였다.

곧 다른 동물들도 하나둘 모여들어 각자 자기 나름대로 편안한 자세로 자리를 잡기 시작했다. 맨 먼저 블루벨, 제시, 핀처라는 개 세 마리가 왔고, 그 다음으로는 돼지들이 와서 단상 바로 앞의 짚더미 위에 자리를 잡았다. 암탉들은 창턱에 홰를 치고 앉고, 비둘기들은 서까래 쪽으로 날아올랐으며, 양과 암소들은 돼지들 뒤에 드러누워 되새김질을 시작했다.

마차를 끄는 말 복서와 클로버가 함께 들어왔는데, 혹시라도 짚더미 속에 가려 있는 작은 동물들이 다칠까 봐 그 커다란 털투성이 발굽을 조심하며 천천히 내디뎠다. 클로버는 중년이 다 된 살찌고 인자한 암말로 네 번째 망아지를 낳고 나서부터는 전과 같이 날씬한 몸매로 되돌아가지 못했다. 복서는 키가 자그마치 열여덟 뼘이나 되는 거한으로 보통말 두 마리가 할 일을 너끈히 해냈다. 그러나 콧잔등에 난 흰 줄무늬 때문에 좀 멍청해 보이는 인상을 주었는데, 솔직히 말하면 머리가 썩 좋은 편은 아니었다. 그렇지만 착실한 성품에다 어마어마한 노동력 때문에 누구한테서나 존경을 받고 있었다.

말의 뒤를 이어 흰 염소 뮤리엘과 당나귀 벤저민이 들어왔다. 벤저민은 이 농장에서 나이가 제일 많고 성미도 제일 까다로웠다. 말이 별로 없다가도 어쩌다가 입을 열면 비꼬는 말만 했다 ― 예를 들면 하나님은 자기에게 파리를 쫓으라고 꼬리를 주었지만, 자기는 꼬리도 파리도 없었으면 좋겠다는 식이었다. 농장의 동물 중에서 그만은 절대 웃지 않았다. 왜 웃지 않느냐고 물으면, 그는 웃을 만한 일이 없으니까 그렇다고 대답하곤 했다. 그럼에도 불구하고 — 드러내고 내색을 하지는 않았지만 — 그는 복서를 무척 좋아해서 일요일에는 과수원 건너편의 조그마한 목장으로 가 나란히 서서 말없이 풀을 뜯으며 시간을 보내곤 했다.

두 마리의 말이 막 자리를 잡았을 때 어미를 잃은 새끼오리들이 떼를 지어 들어왔다. 가냘픈 소리로 꽥꽥거리며 밟히지 않을 만한 장소를 찾아 이리저리 허둥거렸다. 클로버가 커다란 앞다리로 새끼오리들 주위에 울타리를 만들어 주자, 그들은 그 안쪽에 모여들더니 금세 잠이 들어 버렸다.

바로 그때 존스 씨의 이륜마차를 끄는, 예쁘장한 흰 암말 몰리가 설탕 덩어리를 씹으면서 의기양양하게 들어왔다. 몰리는 앞쪽에 자리를 잡자 뻐기듯이 흰 갈기를 흔들어 빨간 리본에 시선을 모으려고 했다. 맨 마지막으로 고양이가 들어와서는 언제나처럼 가장 따뜻한 장소를 찾아 사방을 둘러보더니 마침내 복서와 클로버 사이로 비집고 들어갔다. 거기서 고양이는 줄곧 기분 좋은 듯이 목을 가르랑거리고 있었다.

뒷문 뒤 홰에서 잠자고 있는 길들여진 까마귀 모제스를 제외하고는 이제 모든 동물들이 다 모였다. 메이저는 모두 편안한 자세로 자리잡은 것을 확인하자 목을 가다듬고 나서 연설을 시작했다.

"동지 여러분, 여러분은 내가 간밤에 이상한 꿈을 꾸었다는 얘기를 이미 들었을 겁니다. 그러나 그 꿈 얘기는 나중에 하겠습니다. 그보다 먼저 할 말이 있습니다. 동지 여러분, 아무래도 나는 여러분과 같이 지낼 수 있는 시간이 얼마 남지 않은 것 같습니다. 그래서 죽기 전에 내가 체험에서 얻은 지혜를 여러분에게 전해 주는 것이 내 의무라고 생각합니다. 나는 오래 살았고, 우리에 혼자 있을 때는 명상에 잠기는 시간이 많습니다. 그렇기 때문에 나는 현재 살아 있는 어떤 동물 못지않게 이 지상에서의 삶의 본질을 이해하고 있다고 생각합니다. 내가 여러분에게 말하고 싶은 건 바로 이 점에 관한 것입니다.

자, 동지 여러분, 우리들의 삶의 본질이란 어떤 것입니까? 이것을 직시하건대, 우리들의 삶은 비참하고 고생스럽고 짧습니다. 우리들은 태어나서 겨우 목숨만 유지할 정도의 먹이를 얻어 먹고, 힘이 다 할 때까지 일하도록 강요받고 있습니다. 그러다가 쓸모없게 되면 그 순간 처참한 죽음을 당하게 됩니다. 이 나라에서는 어떠한 동물도 태어나서 1년만 지나면 행복이나 휴식이라는 말의 의미를 모르게 됩니다. 영국에 있는 동물들에게는 자유가 없습니다. 동물의 생애는 고통과 굴

종이 전부입니다 ─ 이것은 명백한 사실입니다.

　그렇지만 이것이 단순히 자연의 섭리의 일부일까요? 우리 나라가 너무 가난해서 거기 사는 자들이 만족한 삶을 누릴 여유가 없기 때문일까요? 아닙니다. 동지 여러분, 절대로 그런 건 아닙니다! 영국은 땅이 기름지고, 기후가 좋아서 현재 살고 있는 숫자보다 훨씬 더 많은 동물들에게도 식량을 넉넉히 줄 수가 있습니다. 우리의 이 농장만 하더라도 열두 마리의 말과 스무 마리의 암소와 수백 마리의 양을 기를 수 있고, 우리들이 상상할 수 없을 정도로 안락하고 품위 있는 생활을 할 수 있습니다. 그렇다면 왜 우리들은 이렇게 비참한 생활을 계속해야 하는 걸까요? 우리들이 노동해서 생산한 것을 인간들이 거의 다 빼앗아가 버리기 때문입니다.

　동지 여러분! 바로 여기에 우리의 모든 문제에 대한 해답이 있습니다. 한 마디로 요약한다면 문제는 ─ 인간입니다. 인간이야말로 우리의 유일한 적입니다. 인간을 여기서 추방합시다. 그러면 굶주림과 과로의 근원은 영원히 없어질 겁니다.

　인간은 생산도 하지 않고 소비만 하는 유일한 동물입니다. 그들은 젖도 내지 못하고, 알도 낳지 못하고, 힘이 약해서 쟁기도 끌지 못하며, 토끼를 잡을 수 있을 만큼 빨리 뛰지도 못합니다. 그런데도 그들은 모든 동물의 주인입니다. 동물들을 부려먹으면서도 먹을 거라고는 겨우 목숨을 연명할 수 있을 정도만 줍니다. 그 나머지는 자신들을 위해서 쌓아 두지요. 우리들의 노동으로 땅을 갈고, 우리들의 분뇨로 땅을 비옥하게 하는데도 우리들에게는 볼품없는 가죽 이외엔 아무것도 남은 것이 없습니다.

내 앞에 계시는 암소 여러분, 당신네들이 지난 1년 동안에 짜낸 우유가 몇천 갤런이나 됩니까? 그리고 튼튼한 송아지를 길러야 할 우유가 어떻게 됐습니까? 한 방울도 남지 않고 적들의 목구멍으로 넘어가 버렸습니다.

그리고 암탉 여러분, 당신들은 이 일 년 동안에 얼마나 많은 알을 낳았으며, 그 중에서 병아리로 깬 것이 과연 몇 개나 됩니까? 그 나머지는 모두 존스와 그의 일당들에게 돈을 벌어 주기 위해서 시장에 팔려나간 것입니다.

그리고 클로버, 당신이 낳은 네 마리의 망아지는 지금 어디 있습니까? 당신이 노후에 의지할 수도 있고, 즐거움이 될 수도 있을 망아지이지만 모두가 한 살이 되기가 무섭게 팔려 나갔습니다. 어느 자식도 다시는 보지 못할 것입니다. 네 번이나 해산했고, 밭에서 힘들여 일을 했지만, 대가라고는 보잘것없는 먹이와 마구간 이외에 또 무엇이 있단 말입니까?

그런데 우리가 살고 있는 이 비참한 생활마저도 천수를 누리도록 허용되지 않습니다. 나로 말하자면 비교적 운이 좋은 편이라 별로 불평은 없습니다. 나는 열두 살이 되었고, 자손도 4백 마리가 넘으니까요. 이것이 돼지 본래의 생애입니다. 그렇지만 어떤 동물도 최후에는 잔인한 칼을 피할 수 없습니다. 내 앞에 앉아 있는 젊은 식용 돼지 여러분, 여러분도 모두 일 년 안에 도살대에서 비명을 지르면서 죽어갈 겁니다. 우리 모두가 그처럼 처참한 꼴을 당하게 될 겁니다 ─ 암소, 돼지, 암탉, 양 모두 말입니다. 말이나 개라고 해서 더 좋은 운명을 타고난 건 아닙니다. 복서, 당신도 그 거대한 근육이 힘을 쓰지 못하게 되는 바로 그날, 존스가 당신을 도살장의 백정에게 팔아 버릴 것입니다. 그 백정은 당신 목을 쳐서 삶아 가지고 사냥개의 먹이로 만들 겁니다. 개도 마찬가지로 늙어서 이빨이 빠지면, 존스는 목에 벽돌을 매달아 가까운 연못에 던져 죽일 겁니다.

동지 여러분, 그렇다면 우리 삶의 모든 재앙이 인간의 폭정에서 생겨난다는 것은 너무도 명명백백한 일이 아닙니까? 인간을 몰아내기만 하면 우리의 노동으로 생산된 것은 모두 우리 것이 될 겁니다. 하룻밤 사이에 우리는 부유해지고 자유로워질 수 있을 겁니다. 그렇게 되려면 우리는 어떻게 해야 할까요? 밤낮으로 절치부심해서 인류의 멸망을 꾀하십시오.

동지 여러분, 이것이 여러분에게 전하는 나의 메시지입니다. 반란을 일으킵시다! 나는 그 반란이 언제 일어날지 모릅니다. 일 주일 뒤가 될 수도 있고, 일백 년 뒤가 될 수도 있습니

≫ 인간을 몰아내기만 하면 우리의 노동으로 생산된 것은 모두 우리 것이 될 겁니다. 하룻밤 사이에 우리는 부유해지고 자유로워질 수 있을 겁니다.

다. 그러나 언젠가는 정의가 실현된다는 것을 내 발밑에 있는 짚더미를 보는 것처럼 명백하게 알고 있습니다.

동지 여러분, 남은 여생 동안이나마 이것을 명심합시다! 그리고 무엇보다 나의 이 메시지를 여러분의 다음 세대에게 전해서 그 세대가 최후의 승리를 거둘 때까지 이 투쟁을 계속하게 합시다.

그리고 동지 여러분, 결심이 흔들려서는 안 된다는 사실을 명심합시다. 어떠한 의견에도 현혹되어서는 안 됩니다. 인간과 동물은 공통의 이해관계를 가지고 있다든지, 인간의 번영이 바로 동물의 번영이라고 그들이 유혹하더라도 절대로 거기에 귀를 기울이지 마십시오. 그것은 모두가 거짓말입니다. 인간은 자신들 이외의 다른 생물의 이익을 위해서 봉사하지 않습니다. 그러니 우리 동물들은 투쟁을 위해서 일치단결하고 완전한 동지애를 이룩합시다. 인간은 모두가 적이요, 모든 동물은 동지입니다."

바로 이때 시끄러운 소동이 일어났다. 메이저가 연설을 하는 동안에 커다란 쥐 네 마리가 구멍에서 기어나와 한구석에서 허리를 펴고 앉아 그의 이야기를 듣고 있었다. 그런데 개가 그들을 발견하고 갑자기 덮치려 한 것이다. 쥐들은 재빨리 구멍 속으로 숨어들어 간신히 위기를 모면했다. 메이저는 앞발을 들어 조용히 하라고 했다.

"동지 여러분! 여기서 결정해야 할 문제가 생겼습니다. 쥐나 토끼 같은 들짐승들이 우리의 친구인가, 아니면 우리의 적인가 하는 문제입니다. 이 문제를 표결에 붙일 것을 회의에 제안합니다. 쥐는 동지입니까?"

곧 표결로 들어갔다. 압도적 다수에 의해서 쥐는 동지라는 것이 가결되었다. 반대 투표자는 개 세 마리와 고양이 한 마리를 합해서 겨우 넷뿐이었다. 나중에 고양이는 찬반 양쪽에 모두 투표한 사실이 밝혀졌다. 메이저는 계속 말했다.

"할 말이 아직 남았습니다. 되풀이해서 말하건대 인간과 인간의 모든 행실에 대해 적개심을 품는 것이 여러분의 의무라는 것을 잊지 마십시오. 두 다리로 걷는 놈은 전부 적이며, 네 다리로 걷거나 날개를 가진 자는 모두 우리의 친구입니다. 그리고 인간과 투쟁을 함에 있어서 그들을 닮아서는 안 된다는 것도 명심해야 합니다. 여러분이 인간을 정복한 후에라도 인간의 악덕을 배워서는 안 됩니다. 어떠한 동물도 집에서 살거나 침대에서 자거나 옷을 입거나 술을 마시거나 담배를 피우거나 돈을 만지거나 장사를 해서는 안 됩니다. 인간의 습관은 모두 나쁩니다. 그리고 무엇보다 어떠한 동물이든 같은 동물을 탄압해서는 안 됩니다. 강하든 약하든, 현명하든 우둔하든 우리는 모두 형제들입니다. 어떠한 동물도 절대로 다른 동물을 죽여서는 안 됩니다. 모든 동물은 평등합니다.

자, 동지 여러분, 이제부터 간밤의 꿈 애기를 하겠습니다. 여러분 앞에서 그 꿈을 그대로 묘사할 수는 없겠지만, 어쨌든 그것은 인간이 없어졌을 때의 이 지상에 대한 꿈이었습니다. 그러나 그 꿈은 내가 오랫동안 잊고 있던 것을 상기시켜 주었습니다.

몇 해 전, 내가 새끼돼지였을 적에, 내 어머니와 다른 암돼지들은 곡조와 처음 세 마디의 가사밖에 모르는 옛날 노래를 부르곤 했습니다. 나도 어렸을 적에는 그 곡조를 알고 있었지만, 오래 전에 완전히 잊어버렸습니다. 그런데 간밤의 꿈속에서 그 곡조가 생각났습니다. 더구나 그 노래의 가사까지도 말입니다. 그 가사는 오래 전 동물들이 불렀던 것인데, 몇 세대가 지나면서 잊혀진 거라고 생각됩니다.

동지 여러분, 지금 내가 그 노래를 부르겠습니다. 나는 늙어서 목소리가 거칠지만 그 곡조를 여러분에게 가르쳐 주면, 여러분은 훨씬 더 잘 부를 수 있을 겁니다. 제목은 '영국의 가축들' 입니다."

메이저 영감은 목을 가다듬은 뒤 노래를 부르기 시작했다. 그가 말한 대로 거칠고 쉰 목소리였지만, 노래는 썩 잘 불렀다. 그 노래는 '클레멘타인'과 '라 쿠카라차'의 중간쯤 되는 감동적인 곡조였다. 가사는 다음과 같았다.

영국의 가축들아, 아일랜드의 가축들아,
모든 땅과 나라의 가축들아!
즐거운 내 소식을 들어라,
장차 황금 시대가 찾아온다는 것을.

언젠가 그날이 오리라.
폭군인 인간이 전락하고,
영국의 비옥한 들판에서
가축들만이 활보하는 그날이.

우리들의 코에서는 코뚜레가 사라지고,
우리들의 등에서는 마구가 벗겨지며,
재갈과 박차(拍車)는 영원히 녹슬고,
가혹한 채찍질도 더 이상 없으리라.

마음속에 그려 보지도 못한 풍요가
밀과 보리, 귀리와 건초,
클로버와 콩과 당상추가
그날로 모두 우리의 것이 되리라.

영국의 들판은 밝게 빛나고

강물은 더욱 맑게 흐르며
미풍은 감미롭게 불어오리라.
우리가 자유로워지는 그날에는.

그날을 위해 우리 모두 일해야 한다네.
비록 사슬을 끊기 전에 죽더라도
소도 말도 거위도 칠면조도
모두 다 자유를 위해 힘껏 일해야 한다네.

영국의 가축들아, 아일랜드의 가축들아,
모든 땅과 나라의 가축들아!
내 소식 잘 듣고 온누리에 전파하라,
장차 황금 시대가 찾아온다는 것을.

이 노래는 동물들을 온통 열광의 도가니 속으로 빠져들게
했다. 메이저가 이 노래를 미처 끝내기도 전에 그들은 스스로
따라 부르기 시작했다. 우둔한 동물까지도 벌써 그 곡조와 두
어 마디의 가사를 익혔고, 돼지나 개같이 영리한 짐승들은 불
과 몇 분도 안 되어 그 노래 전부를 외워 버렸다.

그리고 나서 몇 번 연습을 한 다음 농장 전체가 떠나갈 듯
커다란 소리로 '영국의 가축들'을 부르기 시작했다. 암소는

음매, 개는 멍멍, 양은 매애, 말은 히잉, 오리는 꽥꽥거리며 노래를 불렀다. 그들은 이 노래가 너무나 즐거워서 다섯 번이나 계속해서 불렀는데, 아마 방해만 받지 않았다면 밤새도록 불렀을 것이다.

불행히도 이 소동이 존스 씨를 잠에서 깨게 했다. 그는 자리를 박차고 일어나 마당에 여우라도 들어왔는가 싶어 항상 침실 구석에 세워 두는 총을 들고 나와 컴컴한 곳을 향해 여섯 발이나 쏘아댔다. 그 탄환들은 창고 벽에 박혔고, 동물들의 모임은 순식간에 해산되었다. 모두 자신의 잠자리로 도망쳤다. 새들은 횃대로 날아갔고, 동물들은 짚더미 속으로 기어들어 농장은 아무 일도 없다는 듯이 금세 잠잠해졌다.

제 2 장

그로부터 사흘 뒤 메이저 영감은 잠을 자다가 평화
롭게 세상을 떠났다. 그의 시체는 과수원 아래쪽에 묻혔다.

3월 초순에 그 일이 있은 뒤, 그 다음 석 달 동안 극히 비밀
스러운 활동이 활발하게 전개되었다. 메이저 영감의 연설은
농장의 총명한 동물들에게 완전히 새로운 인생관을 심어 주
었다. 그들은 메이저가 예언한 반란이 언제 일어날지 몰랐고,
또 그들이 살아 있는 동안에 일어나리라고 확신할 수도 없었
지만, 그것을 준비하는 것이 자기들의 의무라는 것은 분명히
알고 있었다. 다른 동물들을 가르치고 조직하는 일은 당연히
돼지들의 몫이 되었다. 왜냐하면 돼지가 동물들 중에서 가장
현명하다고 인식되어 있기 때문이었다.

돼지 중에서도 존스 씨가 팔아먹기 위해 기르고 있는 스노
볼과 나폴레옹이라는 두 마리의 젊은 수퇘지는 유독 뛰어났
다. 나폴레옹은 몸집이 크고 얼굴이 꽤 험상궂어 보이는 이
농장 유일의 버크서 종(種) 수퇘지였다. 다른 수퇘지들은 모두
식용 돼지였다. 이들 중에서 제일 유명한 돼지는 몸집이 작고
뚱뚱한 스퀼러라는 돼지였다. 둥근 볼에 번쩍이는 눈, 행동은
민첩하고, 목소리는 날카로웠다. 그는 재기 넘치는 능변가로
서 무엇인가 어려운 문제를 두고 토론할 때면 이리저리 뛰면
서 꼬리를 흔들어 대는 버릇이 있었는데, 그 모습은 어딘가
매우 설득력이 있어 보였다. 다른 동물들은 스퀼러라면 검은

것을 흰 것으로 바꿀 수도 있을 거라고 말했다.

이 세 마리의 돼지들은 메이저 영감의 가르침을 완전한 사상 체계로 정립하고 여기에 '동물주의'라는 명칭을 붙였다. 1주일에도 몇 번씩 그들은 존스 씨가 잠든 뒤, 창고에서 비밀 회합을 열고 '동물주의'의 원칙을 다른 동물들에게 설명했다.

처음에 그들은 다른 많은 동물들의 우둔함과 냉담함에 부딪혔다. 어떤 동물들은 자기들이 '주인'이라고 생각하는 존스 씨에 대한 충성의 의무를 내세우며 유치한 말을 늘어놓았다.

'존스 씨가 우리를 먹여 살리고 있습니다. 만일 그분이 없어진다면 우리는 굶어 죽을 겁니다.'

또 어떤 동물들은 볼멘소리로 질문을 했다.

'우리가 죽은 뒤의 일을 왜 우리가 걱정해야 합니까?'

'이 반란이 어차피 일어나게 되어 있다면 우리가 그것을 위해 노력하든 안 하든 다를 게 뭐가 있습니까?'

그래서 돼지들은 그런 생각들이 '동물주의'의 정신에 위배된다는 것을 납득시키느라 진땀을 뺐다. 그 중에서도 가장 어리석은 질문을 한 것은 암말 몰리였다. 몰리가 스노볼에게 한 첫 번째 질문은 어이없는 것이었다.

"반란 후에도 설탕이 지급됩니까?"

스노볼이 단호하게 말했다.

"아니오. 이 농장에는 설탕을 만들 설비가 없습니다. 게다가 당신에게는 설탕이 필요 없을 겁니다. 당신은 귀리든 건초든 먹고 싶은 만큼 먹을 수 있을 테니까요."

"그럼 그때도 내 갈기에 리본을 매는 것이 허용될까요?"

몰리가 물었다.

"동지, 당신이 그렇게 애지중지하는 그 리본은 예속의 상징입니다. 자유가 리본보다 더 값진 것임을 이해 못 하겠습니까?"

스노볼이 말했다.

몰리는 동의했으나 충분히 납득한 것은 아니었다.

돼지들은 길들여진 까마귀 모제스가 퍼뜨린 거짓말에 반박하느라 더한층 고충을 겪었다. 존스 씨의 특별한 귀여움을 받고 있는 모제스는 첩자에다 고자질쟁이였지만 또한 능숙한 화술의 소유자이기도 했다. 그는 동물이 죽으면 모두가 간다고 하는 소위 '사탕 과자 산'이라는 이상한 나라가 있다고 주장했다. 그 산은 하늘 높이, 구름 너머 어딘가에 있다고 모제스는 말했다. '사탕 과자 산'에서는 모든 날이 휴일이고, 토끼풀이 1년 내내 무성하며, 울타리에선 각설탕과 아마인(亞麻仁) 과자가 열린다고 했다. 동물들은 모제스가 일은 하지 않고 말만 지껄인다고 해서 그를 싫어했다. 그러나 '사탕 과자 산'을 믿는 동물들도 더러 있어서 돼지들은 그런 산이 없다는 것을 설득시키느라고 진땀을 빼며 논쟁을 벌여야만 했다.

돼지들의 가장 충실한 제자는 쌍두마차를 끄는 복서와 클로버였다. 이 두 말은 어떤 일이든 자기들 스스로 생각해 내는 것은 딱 질색이었지만, 일단 돼지들을 스승으로 삼은 후로는 돼지들의 말이라면 무엇이든지 받아들이고 그것을 간단히 요약해서 다른 동물들에게 전했다. 그들은 창고에서의 비밀 회의에 꼭 참석했고, 회의가 끝날 때면 언제나 '영국의 가축들' 노래를 선창했다.

그런데 반란은 모두가 기대했던 것보다도 훨씬 빨리, 그리고 우연한 기회에 쉽게 이루어질 수 있었다. 지난 수년 동안 존스 씨는 동물들에게 엄격한 주인이면서도 수완이 있는 농장주였다. 그러나 요즘에 와서는 날로 타락해 가고 있었다. 그는 소송 문제로 많은 돈을 잃은 후로는 실의에 빠진 나머지 건강을 해칠 정도로 과음을 하기 시작했다. 계속해서 며칠 동안 그는 주방에 있는 윈저 의자에 앉아 신문을 읽으면서 술을 마시고, 때로는 모제스에게 맥주에 적신 빵조각을 먹이기도 했다. 일꾼들은 게으르고 부정직했으며, 밭에는 잡초가 무성했다. 건물 지붕은 떨어져 나갔으며, 망가진 울타리는 손질도 하지 않았다. 동물들도 제대로 먹지를 못했다.

건초용 풀을 벨 때가 거의 다 된 6월, 성 요한의 축일 전날이었다. 그날은 마침 토요일이었다. 존스 씨는 윌링턴에 갔다가 레드 라이온 주막에서 어찌나 과음을 했던지 다음날인 일요일 점심때나 되어서야 비로소 집으로 돌아왔다. 일꾼들은 아침 일찍이 우유를 짜고 나서 동물들에게 먹이도 주지 않은 채 토끼 사냥을 나갔다.

존스 씨는 집에 돌아오자 응접실 소파에서 「세계 뉴스」지로 얼굴을 가린 채 곧 잠이 들어 버렸다. 그래서 저녁때까지도 동물들은 먹이를 먹지 못했다. 마침내 그들은 더 이상 참을 수가 없었다. 암소 한 마리가 뿔로 식량 창고의 문을 부수고 들어가자, 동물들은 우르르 몰려가 저장통에서 먹이를 꺼내 먹기 시작했다. 바로 그때 존스 씨가 잠에서 깼다. 그와 일꾼 넷이 채찍을 들고 식량 창고에 들어와 이리저리 휘둘러댔다. 굶주린 동물들로서는 도저히 참을 수 없는 일이었다. 사전에 계획을 세웠던 것은 아니었지만, 동물들은 일제히 학대자들을 향해 덤벼들었다.

존스와 그의 일꾼들은 느닷없이 동물들의 머리로 받히고 발길에 채였다. 사태는 걷잡을 수 없을 정도로 험악하게 되었다. 동물들이 이런 행패를 부리는 것을 한번도 본 적이 없었다. 그런데 채찍질과 학대를 마음대로 해 왔던 동물들에게 갑자기 난동을 당하고 보니 그들은 너무 놀라 거의 정신을 잃을 지경이었다. 잠시 후, 그들은 자기 방어를 포기하고 줄행랑을 쳤다. 그들 다섯 명은 큰 도로로 통하는 마찻길로 급히 도망

≫ 굶주린 동물들로서는 도저히 참을 수 없는 일이었다. 사전에 계획을 세웠던 것은 아니었지만, 동물들은 일제히 학대자들을 향해 덤벼들었다.

쳤고, 동물들은 의기양양하게 그들을 뒤쫓았다.

존스 부인은 침실 창문으로 이 광경을 내다보다가 사태를 알아차리고는 몇 가지 소지품을 허둥지둥 가방에 챙겨 가지고 다른 문을 통해서 농장을 빠져나갔다. 모제스는 큰소리로 까악까악 울면서 그녀의 뒤를 쫓아 날아갔다.

한편 동물들은 존스와 그의 일꾼들을 큰길로 쫓아 버리고는 다섯 개의 빗장이 달려 있는 문을 꽝 하고 닫아 버렸다. 그리하여 무슨 일이 일어났는지 자신들도 제대로 알지 못하는 사이에 '반란'은 성공적으로 수행되었다. 존스는 추방되고, 매너 농장은 그들의 것이 된 것이다.

처음 몇 분 동안, 동물들은 자신들에게 다가온 행운을 거의 믿을 수가 없었다. 그들이 맨 먼저 한 일은 마치 사람은 한 명도 없다는 것을 확인하려는 듯이, 한 덩어리가 되어 농장의 주위를 한 바퀴 돌아보는 일이었다. 그러고 나서 농장 건물로 뛰어와서 가증스런 존스 지배하의 마지막 흔적까지 말끔히 없애 버렸다. 외양간 한쪽 구석에 있는 마구 창고가 부서져 열렸고, 재갈, 코뚜레, 개 사슬, 그리고 존스 씨가 돼지와 새끼양을 거세하는 데 사용했던 무자비한 칼 등은 전부 우물 속으로 던져 버렸다. 고삐, 굴레, 눈가리개 그리고 치욕적인 여물망태 따위는 마당에서 타고 있는 쓰레기 불더미 속에 던져졌다. 채찍도 마찬가지였다.

동물들은 채찍이 불 속에서 타오르는 것을 보자 모두들 기쁨에 넘쳐 날뛰었다. 스노볼은 장날이면 으레 말갈기와 꼬리에 달고 다니던 리본을 불 속으로 던지며 말했다.

"리본이란 인간의 표시인 의복이라고 볼 수 있습니다. 모든 동물들은 옷을 입어서는 안 됩니다."

복서는 이 말을 듣고, 여름에 파리가 귓가에 몰려드는 것을 막기 위해서 썼던 조그만 밀짚모자를 갖고 와서 다른 것과 함께 불 속에 던져 버렸다.

삽시간에 동물들은 존스 씨를 생각나게 하는 것들을 죄다 없애 버렸다. 그런 다음 나폴레옹은 모든 동물들을 식량 창고로 데리고 가서 각자에게 정량보다 많은 옥수수를 나누어 주었고, 개에게는 각각 비스킷 두 개씩을 나누어 주었다. 그러고 나서 그들은 '영국의 가축들'을 처음부터 끝까지 연거푸 일곱 번이나 부른 다음 잠자리에 들어 일찍이 맛보지 못한 깊은 단잠을 잤다.

그들은 여느 때처럼 새벽에 눈을 뜨자, 문득 어제 있었던 영광스런 일을 기억하고는 모두 목장으로 달려갔다. 그리고 한눈에 농장이 다 내려다보이는, 목장 아래쪽에 위치한 조그만 언덕 위로 올라가서 맑게 빛나는 아침 햇살을 받으며 주위를 둘러보았다. 그렇다, 이것은 우리들의 것이다 — 사방에 보이는 모든 것이 다 우리들의 것이다! 이런 생각에 황홀해진 그들은 의기양양하게 주위를 빙글빙글 돌았고, 흥분해서 공중으로 펄쩍펄쩍 뛰어올랐다. 아침이슬 속에 굴러 보기도 하고, 신선한 여름풀을 뜯어 먹기도 하며, 검은 흙덩이를 차올려 그 구수한 냄새를 맡아 보기도 했다.

그 다음 그들은 농장 전체를 돌아다니며 말할 수 없는 감격에 젖어 경작지와 건초밭과 과수원과 연못과 숲 등을 둘러보았다. 마치 전에는 이런 것들을 본 적이 없는 듯한 기분이었고, 아직도 이것이 모두 자기들 것이라고는 도저히 믿어지지 않았다.

이윽고 그들은 농장 건물로 줄지어 돌아와 농장 주인의 집 문에 이르렀다. 그리고는 갑자기 입을 다물고 걸음을 멈추었다. 이 집도 그들의 것이 되었지만 왜 그런지 안으로 들어가는 것이 겁이 났기 때문이었다.

잠시 후 스노볼과 나폴레옹이 어깨로 문을 들이받아 열어젖히자 동물들은 일렬로 서서 들어가 무엇이라도 망가질까 봐 세심한 주의를 하면서 걸었다. 가능한 한 목소리를 죽여가면서 이 방 저 방으로 살금살금 걸어다녔고, 깃털 이불을 깔아 놓은 침대며, 거울이며, 말털 소파며, 브뤼셀 양탄자며, 응접실 벽난로 위에 걸린 빅토리아 여왕의 석판화 등 믿을 수 없을 정도로 화려한 사치품들을 경외의 마음으로 쳐다보았다.

그들은 층계를 내려오다가 몰리가 없어진 사실을 알았다.

되돌아가 보니 몰리는 가장 멋진 침실에 남아 있었다. 그녀는 존스 부인의 화장대에서 푸른 리본을 집어 그것을 어깨에 걸친 뒤 바보스런 모습을 거울에 비추어 보며 홀린 듯이 자신을 바라보고 있었다. 동물들은 몰리를 호되게 꾸짖은 다음 밖으로 나왔다.

주방에 걸려 있던 햄을 땅 속에 묻기 위해 끌어내렸고, 취사대의 맥주통은 복서의 발굽에 채여 깨졌다. 그러나 다른 물건에는 손을 대지 않았다. 이 농가를 박물관으로 보존하자는 안이 즉석에서 만장일치로 결정되었다. 어떤 동물도 이곳에 살아서는 안 된다는 제의에도 모두가 동의를 했다.

동물들이 아침 식사를 마치고 나자 스노볼과 나폴레옹은 그들을 또다시 소집했다. 스노볼이 말했다.

"동지 여러분! 지금은 여섯 시 반입니다. 그리고 긴 하루가 남아 있습니다. 오늘은 건초 수확을 시작할 예정이지만, 그러나 그보다 먼저 해야 할 일이 있습니다."

돼지들은 이제야 밝히는 것이지만, 지난 3개월 동안 자기들은 존스 씨의 아이들이 쓰다가 쓰레기통에 버린 낡은 철자 교본을 가지고 독학으로 읽고 쓰는 법을 배웠다고 공개했다.

나폴레옹은 검은색과 흰색의 페인트 통을 가져오라고 한 다음, 큰길로 통하는 다섯 개의 빗장이 달려 있는 문 쪽으로 동물들을 안내했다. 스노볼 — 글씨를 제일 잘 썼기 때문에

≫ 그 계명은 타르 칠을 한 벽에 커다랗게 흰 글자로 씌어졌기 때문에 30아드 떨어진 곳에서도 읽을 수가 있었다.

— 은 앞발의 두 발톱 사이에 붓을 끼우고 문짝 맨 위의 빗장에 써 놓은 '매너 농장'이라는 글자를 지운 다음 그 자리에 페인트로 '동물 농장'이라고 썼다. 이것이 이제부터 이 농장의 이름이 된 것이다.

그런 다음 그들은 농장 건물로 돌아왔다. 스노볼과 나폴레옹은 사다리를 가져오게 해서 그것을 커다란 창고의 한쪽 벽에 걸쳐 놓았다. 돼지들은 지난 3개월 동안의 연구 끝에 '동물주의'의 원칙을 '7계명(七戒命)'으로 요약했다고 설명했다. 이 7계명이 이제부터 벽에 쓰여질 것이며, 이것은 '동물 농장'의 모든 동물들이 앞으로 살아가면서 영구히 지켜야 할 불변의 율법이 될 것이라고 했다.

스노볼은 갖은 애를 쓰며(돼지가 사다리에서 균형을 잡기란 쉬운 일이 아니었기 때문에) 사다리로 기어올라가 글씨를 쓰기 시작했다. 스퀼러는 그 아래 두서너 계단 밑에서 페인트 통을 들어 주었다. 그 계명은 타르 칠을 한 벽에 커다랗게 흰 글자로 씌어졌기 때문에 30야드 떨어진 곳에서도 읽을 수가 있었다. 7계명은 다음과 같았다.

7계명

1. 두 다리로 걷는 자는 적이다.
2. 네 다리로 걷거나 날개가 있는 자는 친구다.

3. 어떤 동물도 옷을 입어서는 안 된다.

4. 어떤 동물도 침대에서 자서는 안 된다.

5. 어떤 동물도 술을 마셔서는 안 된다.

6. 어떤 동물도 다른 동물을 죽여서는 안 된다.

7. 모든 동물은 평등하다.

글씨는 아주 말끔하게 쓰여졌다. 'friend(친구)'가 'freind'로 쓰이고, 's'자 하나가 거꾸로 돌려 써진 것 외에는 철자도 모두 정확했다. 스노볼은 다른 동물들에게 큰소리로 읽어 주었다. 동물들은 완전한 동의의 표시로 모두 고개를 끄덕였고, 영리한 동물들은 당장에 계명을 외우기 시작했다.

이윽고 스노볼은 붓을 내던지면서 소리쳤다.

"사, 동지 여러분! 건초밭으로 갑시다! 우리의 명예를 걸고서라도 존스와 그의 일꾼들보다 더 빨리 건초를 거둬들이도록 합시다."

그러나 바로 이때, 얼마 전부터 불편해 보이던 암소 세 마리가 음매 하고 큰소리로 울었다. 그들은 24시간 동안 젖을 짜지 않았기 때문에 젖이 퉁퉁 불어서 터질 것 같은 상태였던 것이다. 돼지들은 잠시 생각하더니, 양동이를 가져오라 하고는 꽤 솜씨 있게 젖을 짜 주었다. 돼지들의 네 다리는 젖을 짜는 데 안성맞춤이었다. 많은 동물들의 흥미진진한 시선 속에서 다섯 개의 양동이는 금방 거품이 이는 진한 우유로 가득 찼다.

"그렇게 많은 우유를 다 어떻게 할 겁니까?"

누군가가 물었다.

"존스는 가끔 우리들의 먹이에 그 우유를 조금씩 섞어 주곤 했어요."

암탉 한 마리가 나섰다.

"우유 걱정일랑 하지 마시오, 동지 여러분!"

나폴레옹이 양동이 앞으로 나서면서 소리쳤다.

"그건 나중에 해결하겠소. 건초를 거둬들이는 일이 더 시급합니다. 스노볼 동지가 선도할 겁니다. 나도 곧 가겠습니다. 동지 여러분, 앞으로! 건초가 기다리고 있습니다."

그리하여 동물들은 건초를 거두러 건초밭으로 떼를 지어 달려갔다. 그리고 저녁에 돌아왔을 때, 그들은 우유가 없어진 것을 이상하게 생각하였다.

제 3 장

건초를 거둬들이기 위해서 얼마나 땀을 흘렸던가! 그들의 노력은 헛되지 않았다. 건초 수확량이 기대 이상으로 많았기 때문이다.

때로는 일이 힘들기도 했다. 농기구는 사람들을 위해서 만들어진 것이지, 동물들을 위한 것이 아니었다. 뒷다리로 서서 일하도록 만들어진 기구를 사용할 수 없다는 것은 아주 불리한 일이었다. 그러나 돼지들은 무척 영리했기 때문에 어려움을 극복하는 방법을 생각해냈다. 말들은 밭에 대해서 구석구석 익히 알고 있었고, 사실 풀을 베어 거두는 일은 존스와 그의 일꾼들보다도 훨씬 잘 알고 있었다. 돼지들은 실제로 일은 하지 않고 다른 동물들을 지휘, 감독했다. 워낙 지식이 풍부했기 때문에 그들이 지휘를 하는 것은 당연한 일이었다.

복서와 클로버는 풀 베는 기계와 써레를 몸에 묶고(제갈이나 고삐는 더 이상 필요 없게 되었다) 꾸준히 들판을 빙빙 돌았다. 돼지 한 마리가 뒤를 따르며 때때로 '이러!'라든지 '워워!' 하고 소리쳤다. 연약한 동물에 이르기까지 모두 건초를 뒤집고 모으는 일을 했다. 오리와 암탉까지도 하루 종일 뙤약볕 아래서 왔다갔다하며 부리로 작은 건초 다발을 물어 날랐다.

마침내 그들은 존스와 그의 일꾼들이 보통 걸리는 시간보다도 이틀이나 빨리 건초를 거둬들일 수가 있었다. 이 농장에서는 일찍이 볼 수 없었던 가장 많은 수확이었다. 버린 것은 하나도 없었다. 암탉과 오리가 예리한 눈으로 마지막 한 줄기까지 주워 모았기 때문이었다. 그리고 농장의 어떤 동물도 풀을 훔쳐 먹지 않았다.

여름 내내 농장의 일은 마치 시계가 돌아가는 것처럼 착착 진행되었다. 동물들은 상상 이상으로 행복했다. 한 입 먹는 음식물마다 가슴 벅찬 기쁨을 안겨 주었다. 그것은 이제 구두쇠 주인이 동냥 주듯 조금씩 나누어 주던 먹이가 아니라 자기들 스스로가 자급자족하는 먹이이기 때문이었다. 아무짝에도 소용없는 기생충 같던 인간이 없어졌기 때문에 각자 먹을 식량이 더 많아졌다. 또한 일찍이 맛보지 못한 여가도 생겼다. 하지만 그들은 많은 난관에 부딪혔다 — 예를 들면, 그 해도 다 저물어 곡식을 거둬들였을 때, 농장에는 탈곡기가 없었기 때문에 옛날식으로 발로 밟아 껍질을 까서 겨를 후후 불어내야만 했다. — 그러나 돼지들의 지혜와 복서의 놀라운 힘으로 이런 고난은 금방 극복되었다. 복서는 모든 동물들의 칭찬의 대상이 되었다. 그는 존스 밑에서도 열심히 일하던 근면가였지만, 이제는 말 세 마리 몫의 힘을 발휘하고 있었다. 농장의 모든 일이 그의 힘센 양 어깨에 달려 있다고 생각되는 날들도 있었다. 아침부터 저녁까지 그는 열심히 일했고, 힘든 일이 생길 때마다 항상 그가 모습을 보였다. 그는 젊은 수탉 한 마리에게 아침에 다른 동물보다 반 시간 일찍 깨워 달라고 부탁

≫ 건초를 거둬들이기 위해서 얼마나 땀을 흘렸던가! 그들의 노력은 헛되지 않았다. 건초 수확량이 기대 이상으로 많았기 때문이다.

해 놓고는 정규 일과가 시작되기 전에 가장 필요하다고 생각되는 일을 자발적으로 나서서 했다. 문제가 생길 때마다, 곤란한 일에 부딪힐 때마다 그는 '더 열심히 일하자!' 하고 말했는데, 이것을 자신의 좌우명으로 삼고 있었다.

그러나 모든 동물들은 각자의 능력에 맞추어 일을 했다. 예를 들면, 암탉과 오리들은 수확 때 떨어진 이삭을 주워 모아서 열 말 정도의 곡식을 늘렸다. 훔치는 동물도, 식량의 배급에 대해서 불평하는 동물도 없었다. 옛날 같으면 싸움질도 하고, 물어뜯기도 하며 질투하는 일이 비일비재했었지만, 지금은 그런 일들이 거의 자취를 감추었다. 어떤 동물도 꾀를 부리지 않았다. 아니, 몇몇을 제외하고는 거의가 그랬다.

사실 몰리는 늦잠을 자거나 발굽에 돌이 끼었다고 해서 일찌감치 일을 걷어치우는 버릇이 있었다. 그리고 고양이의 거동도 어딘가 다르긴 했다. 할 일이 있을 때마다 고양이가 없어졌다. 고양이는 몇 시간 동안이나 사라졌다가 식사 때나 일이 끝난 저녁때 천연덕스럽게 나타나곤 했다. 그렇지만 그때마다 항상 그럴 듯한 변명을 했고, 무척 다정스럽게 목을 가르랑거렸기 때문에 고양이의 선의를 믿지 않을 수 없었다.

당나귀 벤저민 영감은 반란 이후에도 전혀 변하지 않은 것 같았다. 그는 존스가 있을 때와 마찬가지로 느릿느릿 외고집으로 자기의 일을 했다. 그리고 주어진 일을 피하려고 하지도 않았지만 여분의 일을 자발적으로 하려고도 하지 않았다. 반란과 그 결과에 대해서 그는 아무런 의견도 표시하려고 하지 않았다. 존스가 없으니까 전보다 행복하지 않으냐고 물으면, 그는 다만 '당나귀는 오래 살아. 너희들 중 아무도 죽은 당나귀를 본 적이 없어.' 하고 말했다. 그러면 다른 동물들은 이 수수께끼 같은 대답으로 만족해야만 했다.

일요일에는 일을 하지 않았다. 아침 식사는 평상시보다 한 시간 늦었고, 아침 식사 후에는 매주마다 어김없이 거행되는 의식이 있었다. 먼저 기(旗) 게양식이 있었다. 스노볼의 설명에 의하면, 기의 녹색은 영국의 푸른 들판을 상징하고, 발굽과 뿔은 마침내 인류를 정복했을 때 수립될 미래의 '동물 공화국'을 나타낸다는 것이었다.

게양식이 끝나면 모든 동물들은 '회합'으로 알려져 있는 총회에 참석하기 위해 큰 창고로 들어갔다. 여기서 다음 주의 작업 계획이 세워지고 결의안을 제출해서 토의했다. 결의안을 제출하는 것은 언제나 돼지들이었다. 다른 동물들은 투표는 할 줄 알았지만 그들 나름대로의 결의안을 생각해 내지는 못했다.

스노볼과 나폴레옹이 토론에 있어서 가장 적극적이었다. 그러나 이들 둘은 서로 의견이 일치한 적이 없었다. 어느 한 쪽이 무언가를 제안하면, 다른 쪽은 언제나 반대를 했다. 일을 할 수 없게 된 동물들의 휴양지로 과수원 뒤의 조그만 잔디밭을 떼어 놓자고 결정했을 때도 — 이 제안 자체에는 어느 동물도 이의를 제기하지 않았다 — 동물들에 대한 은퇴 연령을 두고 격론이 벌어졌다. 회합은 늘 '영국의 가축들'을 합창하는 것으로 폐막되었고, 오후는 오락 시간으로 할애되었다.

돼지들은 마구 창고를 자기들의 본부로 정했다. 여기서 밤이 되면, 농장 집에서 가져온 책으로 대장장이 일이며, 목공일이며, 기타 필요한 기술을 공부했다. 스노볼은 이른바 '동물 위원회'를 조직하는 일로 바빴다. 그는 이 일에 대해서 지칠 줄 모르는 끈기를 발휘했다. 그는 읽고 쓰는 것을 배우는 학급을 만드는 것 외에도 암탉들에게는 '계란 생산 위원회', 암소들에게는 '꼬리 청결 동맹', '야생 동지 재교육 위원회(이것은 쥐와 토끼를 길들이는 것이 목적이었다)', 양들에게는 '순백모 운동' 등 그 밖에도 갖가지 조직을 만들었다.

그러나 대체로 이런 계획은 실패로 끝났다. 가령 야생 동물을 길들이려는 시도는 거의 즉각적으로 실패하고 말았다. 야생 동물들은 계속해서 전과 다름없이 행동했고, 관대하게 대하면 마냥 기어올랐다. 고양이는 '재교육 위원회'에 참가해서 며칠 동안은 무척 적극적이었다. 그는 어느 날 지붕 위에 앉아 멀리 떨어져 있는 참새들과 이야기를 해 보았다. 모든 동물들이 하나같이 동지들이므로 원한다면 참새에게 자기 발

등에 와서 앉아도 좋다고 말했다. 그러나 참새들은 가까이 오려 하지 않았다.

그런데 읽고 쓰는 학습반은 대성공이었다. 가을이 되었을 무렵에는 농장에 있는 동물들 거의가 어느 정도는 읽고 쓸 수 있게 되었다.

돼지들은 이미 읽고 쓰기를 완전하게 할 수가 있었다. 개들은 꽤 잘 읽을 줄 알았지만 7계명 이외의 다른 글을 읽는 데에는 별로 흥미가 없는 모양이었다.

염소 뮤리엘은 개보다 좀더 잘 읽을 줄 알았고, 때때로 쓰레기더미에서 발견한 신문지 조각을 들고는 다른 동물들에게 읽어 주기도 했다.

벤저민은 여느 돼지 못지않게 잘 읽을 수 있었지만, 자기 실력을 제대로 발휘한 적은 한 번도 없었다. 그는 자기가 알고 있는 한, 읽을 만한 것이 아무것도 없다는 것이었다.

클로버는 알파벳을 전부 익혔지만 말을 이을 줄 몰랐다.

복서는 D까지밖에 몰랐다. 그는 커다란 발굽으로 땅 위에 ABCD를 쓰고 난 다음, 귀를 뒤로 젖히고 가끔 앞머리를 흔들면서 글자를 뚫어지게 바라보며 열심히 다음 글자를 생각해 내려고 애를 썼지만, 끝내 성공하지 못했다. 사실 여러 번 EFGH까지 배웠지만, 그 글자들을 외우면 언제나 ABCD를 잊어버렸다. 마침내 그는 처음의 네 글자로 만족하기로 하고

≫ 가을이 되었을 무렵에는 농장에 있는 동물들 거의가 어느 정도는 읽고 쓸 수 있게 되었다.

날마다 한두 번씩 기억을 되살려 그 글자들을 써 보곤 했다. 몰리는 자기 이름의 여섯 글자 이외에는 아무것도 배우려고 하지 않았다. 그녀는 작은 나뭇가지로 자기 이름을 예쁘게 맞춰 보고는 꽃 한두 송이로 그것을 장식한 다음 그 주위를 빙빙 돌면서 감상했다.

그 밖의 다른 동물들은 A자 이상을 배우지 못했다. 양이나 암탉이나 오리 같은 우둔한 동물들은 7계명조차 암기하지 못한다는 사실이 밝혀졌다. 깊이 생각한 끝에 스노볼은 7계명은 요컨대 '네 다리는 좋고, 두 다리는 나쁘다!' 라는 한 마디의 금언으로 요약할 수 있다고 언명했다. 이 격언에 '동물주의' 의 기본 원칙이 들어 있다고 말했다. 이 말을 충분히 파악하고 있으면 어떤 동물이든 인간의 영향을 받지 않는다는 것이었다. 새들은 처음에 이의를 제기했다. 왜냐하면 자기들도 다리가 둘이라고 생각되었기 때문이었다. 그러나 스노볼은 그렇지 않다고 설명해 주었다.

"동지 여러분! 새의 날개는 손과 같이 조작하는 기관이 아니고 추진 기관입니다. 그렇기 때문에 날개는 다리로 간주되어야 합니다. 인간의 특징은 손으로서, 이것이야말로 일체의 악덕을 자행하는 도구인 것입니다."

새들은 스노볼의 긴 설명을 이해할 수 없었지만 일단 그의 말을 받아들였다. 그래서 우둔한 동물들은 이 새로운 금언을 암기하기 시작했다. '네 다리는 좋고, 두 다리는 나쁘다!' 라는 글자가 창고의 한구석 벽, '7계명' 위쪽에 그보다 큰 글자로 씌어졌다. 양들은 일단 이것을 암기하고 나자 무척 마음에 들었는지, 들판에 누워 있을 때면, '네 다리는 좋고, 두 다리는 나쁘다! 네 다리는 좋고, 두 다리는 나쁘다!' 라고 외치곤 했는데, 계속해서 몇 시간이나 지칠 줄 모르고 외쳐 댔다.

나폴레옹은 스노볼의 위원회에 대해서는 관심이 없었다. 그는 어린 동물들의 교육이 장성한 동물들의 교육보다 훨씬 중요하다고 말했다. 마침 제시와 블루벨은 건초를 거둬들인 후에 새끼를 낳았는데, 양쪽 합해서 아홉 마리나 되는 튼튼한 강아지였다. 새끼강아지들이 젖을 뗄 무렵이 되자, 나폴레옹은 그들의 교육은 자기가 맡겠다고 하면서 어미로부터 모두 떼어 갔다. 그는 그들을 마구 창고에서 사다리가 있어야만 올라갈 수 있는 지붕 밑 다락방에 데려다 놓았다. 이렇게 외딴 곳에 떨어져 있는 까닭에 나머지 농장 동물들은 그들의 존재를 잊어버리고 말았다.

우유가 어디로 없어졌는가 하는 의문은 곧 밝혀졌다. 그것은 매일 돼지들의 먹이 속에 섞여 들어갔다. 풋사과가 익기 시작하면서 과수원의 풀밭에는 바람에 떨어진 사과들이 여기저기 흩어져 있었다. 동물들은 모두 이 사과를 공평하게 나누어 가지게 될 것이라고 생각했다. 그러나 어느 날, 떨어진 사과를 전부 모아서 돼지들의 식용으로 마구 창고로 가져오라는 명령이 떨어졌다. 이 소리를 듣고 몇몇 다른 동물들은 투덜거렸지만 아무 소용 없는 일이었다. 돼지들은 모두 이 점에 대해서 찬성했고, 스노볼과 나폴레옹까지도 당연하게 그 일을 받아들였다. 다른 동물들에게 필요한 설명을 해 주기 위해서 스퀼러가 파견되었다.

"동지 여러분!"

그는 외쳤다.

"여러분들은 우리 돼지들이 이기심과 특권 의식에서 이런 일을 하고 있다고 생각하진 않겠지요? 우리들 중에는 사실 우유와 사과를 좋아하지 않는 돼지가 많습니다. 나 자신도 싫어하는 편입니다. 우리가 이것들을 먹는 단 하나의 목적은 우리의 건강을 유지하기 위해서입니다. 우유와 사과는 — 동지 여러분, 이것은 과학적으로 증명되었습니다 — 돼지의 건강에 절대적으로 필요한 물질들을 함유하고 있습니다. 우리 돼지들은 머리를 쓰는 일꾼들입니다. 이 농장의 모든 관리와 조직이 우리들에게 달려 있습니다. 밤낮으로 우리는 여러분들의 복지를 살피고 있는 것입니다. 우리들이 우유를 마시고 사과를 먹는 것은 모두 여러분들을 위해서입니다. 우리 돼지들이 의무를 수행하지 못한다면 무슨 일이 일어날지 알고 있습니까? 존스가 돌아올 것입니다! 그렇소, 그가 돌아올 것이오!

동지 여러분, 틀림없습니다."

스퀼러는 이리저리 걸어다니고 꼬리를 흔들면서 거의 호소하듯이 외쳤다.

"여러분들 중에서 존스가 돌아오기를 바라는 자는 분명 아무도 없겠지요?"

동물들이 절대적으로 확신하는 것이 하나 있다면, 그것은 존스가 돌아오는 것을 누구도 바라지 않는다는 사실이었다. 설명을 듣고 나자 그들은 더 이상 아무 말도 하지 않았다. 돼지들의 건강을 유지시키는 것이 중요하다는 것은 모두에게 너무나 명백한 사실이 되었다. 그래서 우유와 떨어진 사과(그리고 다 익었을 때 거둬들일 사과의 대부분도)는 돼지들의 몫으로 비축해 두어야 한다는 대단한 의견은 더 이상 토의 없이 승인되었다.

제 4 장

'동물 농장'에 대한 소문은 날로 퍼져 늦여름이 되었을 무렵에는 주(州)의 절반 이상이 알고 있었다. 스노볼과 나폴레옹은 날마다 비둘기들을 날려 보내서 이웃 농장의 동물들과 어울려 그들에게 '반란' 이야기를 들려주고, '영국의 가축들'이라는 노래를 가르쳐 주도록 했다.

이러는 동안 존스 씨는 윌링던에 있는 '레드 라이온' 술집에 죽치고 앉아서 자기 이야기를 들어주는 사람이면 누구든지 붙들고 자기가 극악무도한 동물들에게 소유지를 빼앗기고 내쫓겼다는 불평을 늘어놓으며 세월을 보내고 있었다. 다른 농장주들은 그에게 동정을 표하기는 했지만, 처음에는 별다른 도움을 주려 하지 않았다. 오히려 각자 속으로는 존스의 불행을 어떻게든 자기들 형편에 유리하게 이용할 수 없을까 하고 남몰래 궁리하고 있었다.

그러므로 '동물 농장'과 이웃하고 있는 두 농장의 소유주가 서로 사이가 좋지 않았다는 것이 오히려 다행이었다. 그 두 농장 가운데 하나인 '폭스 우드'라고 불리는 구식 농장은 넓기는 하지만 제대로 돌보지 않아 나무들이 무성하게 자랐고, 목장 전체가 황폐해졌으며, 울타리는 볼품없이 엉성했다. 그런데도 이 농장의 주인 필킹턴 씨는 워낙 천하태평이어서 낚시와 사냥으로 한가롭게 지내고 있었다.

또 하나의 농장인 '핀치 필드'의 크기는 그보다 작았지만 관리가 잘 되어 있었다. 이 농장의 소유주인 프레드릭 씨는 영리하고 빈틈없는 사람으로서 항상 소송에 연루되어 있었고, 부당한 거래를 한다는 평을 듣고 있었다. 이 두 농장주들은 서로 미워하는 사이였기 때문에 사사건건 서로의 의견에 반대하고 나섰다. 심지어 자신들의 이익 옹호에 관한 것에서조차 의견이 상반되었다.

그럼에도 불구하고 이번만은 그들 두 사람도 '동물 농장'의 반란 소식을 듣고는 매우 놀라워했다. 혹시 자기 농장의 동물들에게 이런 사실이 알려질까 봐 조바심이 났다. 처음에는 그들도 '동물들이 직접 농장을 경영하다니, 그런 바보 같은 이야기가 어디 있느냐' 며 웃어넘겼다. 보름 정도 지나고 나면 모든 것이 끝장날 거라고 말했다. 그들은 매너 농장('동물 농장' 이라는 이름은 용납할 수 없었기 때문에 고집스럽게 매너 농장이라고 불렀다)의 동물들은 그렇게 버텨 싸우다가 마침내는 굶어 죽고 말 것이라는 소문을 퍼뜨렸다.

그러나 시간이 지나도 동물들이 굶어 죽지 않자, 프레드릭과 필킹턴은 태도를 바꾸어 '동물 농장'에서 행해지는 무서운 잔학상에 대해 떠벌이기 시작했다. 그 농장에 있는 동물들은 서로 잡아먹는 일을 자행하고 있으며, 빨갛게 단 편자로 서로 고문을 하는가 하면, 암놈들을 공유한다는 소문을 퍼뜨렸다. 자연의 법칙을 거역하면 결국 이렇게 되는 법이라고

≫ 사람들은 그 노래에 귀를 기울이다가 그 속에서 미래의 운명에 대한 예언을 알아차리고
는 불안감에 휩싸였다.

프레드릭과 필킹턴은 말했다.

그러나 이런 이야기는 그들의 계획처럼 먹혀들지가 않았다. 인간들이 쫓겨나고 동물들이 모든 것을 경영하고 있다는 멋진 농장에 관한 소문은 막연히 왜곡된 상태로 계속 퍼져나갔다. 그 해 내내 그 지방 일대에서는 반란의 파동이 그치지 않았다. 말 잘 듣던 황소들이 갑자기 사나워지고, 양들이 울타리를 넘어뜨리고 토끼풀을 죄다 먹어 버리는가 하면, 암소들은 우유통을 차 버리고, 사냥 말들은 담을 뛰어넘는 것을 거부하고 올라탄 사람을 건너편으로 내동댕이치기도 했다.

무엇보다 '영국의 가축들'이라는 노래가 도처에 알려지게 되었다. 이것은 놀랄 정도로 급속히 퍼져 갔다. 인간들은 이 노래를 듣고 경멸하는 표정으로 무시하려 했지만, 그렇다고 끓어오르는 분노는 어쩔 수 없었다. 그들은 아무리 동물들이라고는 하지만 어쩌면 이렇게 너절하고 바보 같은 노래를 부르게 되었는지 알 수 없다고 빈정거렸고, 어떤 동물이든 이 노래를 부르다 발각만 되면 즉석에서 채찍질을 당했다. 그러나 이 노래를 막을 수는 없었다. 지빠귀는 울타리에서, 비둘기는 느릅나무에서 이 노래를 불렀다. 그리고 그 곡조는 대장간의 소음과 교회의 종소리 속으로 섞여 들어갔다. 사람들은 그 노래에 귀를 기울이다가 그 속에서 미래의 운명에 대한 예언을 알아차리고는 불안감에 휩싸였다.

10월 초, 곡식은 거두어서 쌓아 두었고, 그 중 일부는 이미 타작까지 해 놓았을 때였다. 비둘기 떼가 공중에서 빙빙 돌더니 무척 흥분한 모습으로 '동물 농장'의 마당에 내려앉았다. 존스와 그의 일꾼들이 폭스 우드와 핀치 필드에서 온 여섯 명의 다른 남자들을 데리고 다섯 개의 빗장이 붙어 있는 문을 지나 농장으로 통하는 마찻길을 올라오고 있다는 것이었다. 그들은 모두 몽둥이를 들고 있었는데, 존스는 손에 총을 들고 앞장서서 오고 있었다. 분명히 그들은 농장의 탈환을 기도하고 있는 듯했다.

　오래 전부터 예상하고 있던 일이었으므로 만반의 준비가 되어 있었다. 농장 집에서 발견한 줄리어스 시저의 낡은 전기(戰記)를 일찍부터 연구해 왔던 스노볼은 방어전의 지휘를 맡았다. 그는 재빨리 명령을 내렸고, 2~3분 후 모든 동물들이 각자 제 위치에 자리잡았다.

　인간들이 농장 건물에 근접해 오자, 스노볼은 첫 공격을 개시했다. 서른다섯 마리의 비둘기들이 일제히 사람들 머리 위로 날아가 공중에서 배설물을 내리갈겼다. 사람들이 이것을 닦아내는 동안 울타리 뒤에 숨어 있던 거위들이 갑자기 뛰쳐나와 사람들의 종아리를 매섭게 쪼아댔다. 그러나 이것은 약간의 혼란을 일으키기 위한 가벼운 전초전에 불과했으므로 사람들은 몽둥이로 거위들을 쉽사리 내쫓을 수 있었다.

스노볼은 두 번째 공격을 개시했다. 뮤리엘과 벤저민과 모든 양들은 스노볼을 선두로 돌진해 사람들을 사방에서 찌르고 떠받았다. 특히 벤저민은 뒤로 돌아서서 작은 발굽으로 사람들을 호되게 후려갈겼다. 그러나 이번에도 몽둥이와 징을 박은 구두를 신은 사람들이 그들보다 훨씬 강했다. 그때 갑자기 스노볼이 후퇴하라는 신호로 비명을 지르자, 동물들은 모두 몸을 돌려 문을 지나 마당으로 도망쳤다.

사람들은 승리의 환호성을 올렸다. 그들은 예상한 대로 적들이 도망가는 것을 보고 무질서하게 추격했다. 이것이야말로 스노볼의 전략이었다. 그들이 마당 한가운데로 들어서자마자 외양간에 잠복하고 있던 말 세 마리와 암소 세 마리 그리고 남은 돼지들이 일제히 사람들을 에워싸고 그들의 퇴로를 차단했다.

그러자 스노볼이 공격 명령을 내렸다. 스노볼 자신이 직접 존스를 향해 돌진했다. 존스는 그가 달려드는 것을 보자 총을 발사했다. 탄환은 스노볼의 등에 찰과상을 남기며 날아가 한 마리의 양을 쓰러뜨렸다. 스노볼은 2백 파운드나 되는 육중한 몸을 곧장 존스의 다리를 향해 내던졌다. 존스는 총을 떨어뜨린 채 거름더미 위로 나가떨어졌다.

그러나 무엇보다도 간담을 서늘하게 한 장면은 복서가 종마(種馬)처럼 뒷발로 딛고 일어서서 징 박은 커다란 발굽으로 후려치는 모습이었다. 복서는 최초의 일격으로 폭스 우드에서 온 마구간지기 소년의 정수리를 쳐서 진흙 바닥에 쭉 뻗게 만들었다. 이 광경을 보자 다른 사람들이 몽둥이를 던져 버리고 도망치기 시작했다. 그들은 공포에 사로잡혀 있었다. 동물들이 일제히 마당을 빙빙 돌며 그들을 추격했다. 사람들은 뿔로 받히기도 하고 발에 차이고 물리고 짓밟혔다.

농장의 동물들 중 제 나름대로 사람들에게 복수를 하지 않는 동물은 한 마리도 없었다. 고양이까지도 느닷없이 지붕에서 소몰이꾼 어깨 위로 뛰어내리면서 발톱으로 할퀴는 바람에 그는 무서워서 비명을 질러댔다. 사람들은 마당을 뛰쳐나와 큰길을 향해 도망쳐 나간 뒤에야 겨우 안도의 숨을 쉬었다.

이렇게 해서 침입한 지 5분도 못 되어 그들은 거위 떼들의 야유를 받고 종아리를 마구 뜯기면서 조금 전에 왔던 그 길로 불명예스러운 후퇴를 하고 말았다.

한 사람을 제외하고는 전부 도망쳤다. 마당에서는 복서가 진흙 속에 얼굴을 처박고 엎어져 있는 마구간지기 소년을 발굽으로 흔들면서 바로 눕히려고 애쓰고 있었다. 소년은 꼼짝도 하지 않았다.

"소년이 죽었어."

복서가 슬픈 듯이 말했다.

≫ 복서는 최초의 일격으로 폭스 우드에서 온 마구간지기 소년의 정수리를 쳐서 진흙 바닥에 쭉 뻗게 만들었다.

"그럴 생각은 없었는데, 발에 징을 박고 있다는 걸 잊었지 뭐야. 하지만 일부러 그런 건 아니라는 걸 누가 믿어 줄까?"

"감상은 금물이오, 동지! 전쟁은 전쟁이오. 유일하게 착한 인간이란 죽은 자뿐이란 말이오."

스노볼이 외쳤다. 그의 상처에서는 아직도 피가 뚝뚝 떨어지고 있었다.

"난 목숨을 빼앗을 생각은 없었어요. 사람의 목숨이라도 말입니다."

이렇게 되풀이해서 말하는 복서의 눈에는 눈물이 흥건히 괴어 있었다.

"몰리는 어디 갔지?"

누군가가 소리쳤다.

정말 몰리가 보이지 않았다. 잠시 동안 술렁거림이 일었다. 사람들이 몰리에게 상처를 입혔거나 아니면 끌고 가버렸는지도 모른다며 모두들 걱정했다. 그러나 곧 외양간 여물통 건초 속에 머리를 처박고 숨어 있는 그녀를 발견했다. 몰리는 총소리가 나자 그대로 도망쳐서 숨어 버린 것이었다. 그들이 몰리를 찾아내고 돌아와 보니 사실은 잠시 기절해 있었던 마구간지기 소년이 이미 의식을 되찾고는 도망쳐 버리고 없었다.

동물들의 흥분은 이제 절정에 달해서 다시 모여 제각기 소리를 지르며 전쟁의 공적에 대해 큰소리로 떠벌였다. 즉석에서 승전 축하회가 열렸다. 기가 게양되고, '영국의 가축들' 노래를 몇 차례 부르고 나서 전사한 양을 위해 엄숙한 장례식을 치른 뒤 무덤가에 산사나무 한 그루를 심었다. 스노볼은 무덤 옆에서 짤막한 연설을 통해, 모든 동물들은 '동물 농장'을 위해 필요하다면 목숨을 바칠 각오가 되어 있어야 한다고 역설했다.

동물들은 '동물 영웅, 제1급'이라는 무공 훈장을 제정할 것을 만장일치로 결의했다. 이 훈장은 즉석에서 스노볼과 복서에게 수여되었다. 이것은 놋쇠로 만들어진 메달(이것은 마구 창고에서 발견한 진짜 마구의 놋쇠판이었다)로, 일요일과 휴일에 착용하도록 했다. 또한 '동물 영웅, 제2급'이라는 훈장도 있었는데, 이것은 전사한 양에게 추서되었다.

이 전투에 이름을 붙이기 위해 활발한 토론이 벌어졌다. 결국 복병이 튀어나온 곳의 이름을 따서 '외양간 전투'라고 명명했다. 존스 씨의 총은 진흙 속에 나뒹굴고 있었다. 그리고 농장 집에 여러 개의 탄약통이 있다는 것도 확인되었다. 그 총은 대포처럼 깃대 아래 꽂아 두었다가 1년에 두 번 '외양간 전투' 기념일인 10월 12일과 '반란 기념일'인 6월 24일에 축포를 쏘기로 결정했다.

제 5 장

겨울이 다가오면서 몰리는 점점 골칫거리가 되어가고 있었다. 그녀는 매일 아침 늦게 일터에 나타나서는 늦잠을 잤다고 변명하기 일쑤였으며, 또 원인도 없이 몸이 아프다고 불평하기도 했다. 하지만 식욕은 굉장히 왕성했다. 몰리는 온갖 구실을 다 붙여 일하는 곳에서 빠져나와서는 우물에 가서 자신의 모습을 비춰보며 바보 같은 모습으로 서 있곤 했다. 그러나 보다 더 심각한 소문이 나돌기 시작했다. 어느 날 몰리가 즐거운 듯이 마당으로 나와 긴 꼬리를 흔들며 건초 줄기를 씹고 있을 때, 클로버가 그녀를 한쪽으로 데리고 갔다.

"몰리, 당신에게 진지하게 할 말이 있어요. 오늘 아침에 보니까 당신이 '동물 농장'과 '폭스 우드 농장'의 경계인 울타리 너머를 넘겨다보더군요. 필킹턴 씨의 일꾼이 울타리 건너편에 서 있었죠. 그리고 ─ 난 멀리 떨어져 있었지만 똑똑히 볼 수 있었어요 ─ 그 사람이 당신에게 말을 걸고 당신 코를 쓰다듬는데도 당신은 가만히 있었어요. 몰리, 도대체 어떻게 된 겁니까?"

클로버가 말했다.

"아니야! 그렇지 않아요! 그건 사실이 아녜요!"

몰리는 소리를 지르고 주위를 빙빙 돌며 흙을 차기 시작했다.

"몰리, 내 얼굴을 똑바로 쳐다봐요! 당신은 그 사람이 당신

≫ 몰리는 온갖 구실을 다 붙여 일하는 곳에서 빠져나와서는 우물에 가서 자신의 모습을 비춰보며 바보 같은 모습으로 서 있곤 했다.

의 코를 쓰다듬지 않았다는 걸 당신의 명예를 걸고 말할 수 있나요?"

"그건 사실이 아녜요!"

몰리는 되풀이해서 말했지만 클로버의 얼굴을 똑바로 쳐다보지 못했다. 그리고 다음 순간 들판 쪽으로 뛰어가 버렸다.

클로버에게 한 가지 생각이 떠올랐다. 그는 다른 동물들에게는 아무 말도 하지 않고 몰리의 외양간으로 가서 발굽으로 짚더미를 헤쳐 보았다. 짚더미 밑에 작은 각설탕 한 덩이와 여러 가지 색깔의 리본 다발이 숨겨져 있었다.

사흘 후 몰리는 자취를 감추었다. 몇 주일 동안 아무도 그녀의 행방을 모르고 있었는데, 어느 날 비둘기가 윌링던 건너편에서 몰리를 보았다고 보고를 했다. 그녀는 어느 술집 앞 빨간색과 검은색으로 칠한 멋있는 이륜마차의 굴대 사이에 서 있었는데, 바둑판 무늬의 바지와 반장화를 신고, 뚱뚱하고 얼굴이 불그스름한, 술집 주인같이 보이는 남자가 몰리의 코를 쓰다듬으면서 각설탕을 먹여 주고 있더라는 것이었다. 그녀는 털을 새로 깎고 앞머리에는 자주색 리본을 달고 있었으며 즐거워 보이더라고 비둘기가 말했다. 그 후 어떤 동물도 몰리에 대해서 이야기하지 않았다.

정월이 되자 맹추위가 엄습해 왔다. 땅은 쇳덩이처럼 딱딱하게 얼어붙었고, 밭일은 전혀 할 수가 없었다. 큰 창고에서

는 회합이 빈번히 열렸고, 돼지들은 다가오는 봄철에 할 일을
계획하느라 정신이 없었다. 비록 투표에 의한 다수결의 원칙
을 따르긴 했지만, 다른 동물들보다 확실히 영리한 돼지가 농
장 정책에 관한 모든 문제를 결정하는 것을 당연하게 여기게
되었다.

  이 일은 스노볼과 나폴레옹 사이에 논쟁만 없었더라도 무
척 순조롭게 진행되었을 것이다. 그러나 이들은 대체로 서로
생각하는 바가 달라 의견의 일치를 보기 힘들었다. 어느 한쪽
이 넓은 면적에 보리를 심자고 하면, 다른 한쪽은 반드시 귀
리를 더 많이 심어야 한다고 주장했고, 이러이러한 밭에는 양
배추를 심는 것이 좋다고 하면, 상대방은 거기에는 뿌리 채소
이외에는 아무것도 안 된다고 반박했다.

  제각기 지지자가 있어서 때로는 격론이 벌어지기도 했다.
회의석에서는 스노볼이 그 뛰어난 언변으로 대다수 동물들을
자기편으로 끌어들였지만 나폴레옹은 평소에 자신의 지지표
를 모아두는 데 재주가 있었다. 그는 특히 양들을 선동하는
데 성공했다. 최근에도 양들은 '네 다리는 좋고, 두 다리는 나
쁘다!' 고 소리를 질러대곤 했는데, 그들은 이런 방법으로 회
의를 방해하는 일이 가끔 있었다. 특히 스노볼이 연설하는 중
에 중요한 대목에 이르면, '네 다리는 좋고, 두 다리는 나쁘
다!' 라고 외쳐댔다.

스노볼은 농장 집에서 발견한 '농민과 목축업자' 라는 묶은 잡지 몇 권을 면밀하게 검토하고 나서 여러 가지 혁신과 개량에 대한 계획을 세워 놓고 있었다. 그는 밭의 배수로라든가 생목초의 저장법, 인산석회 등에 관해서 유식하게 이야기를 늘어놓았고, 짐수레 운반의 노동력을 덜기 위해 모든 동물들이 매일 장소를 바꾸어 직접 밭에 가서 배설하도록 하는 복잡한 계획을 생각해 냈다.

나폴레옹은 자기의 계획을 내놓지는 못했지만, 스노볼의 계획은 결국 실패할 것이라고 조용히 말하고는 때를 기다리고 있는 것 같았다. 그러나 여러 논쟁 가운데서 풍차에 관한 것만큼 격렬한 것은 없었다.

농장 건물에서 멀지 않은 긴 방목장에는 이 농장에서 제일 높은 지대인 작은 언덕이 있었다. 스노볼은 지형을 설명한 후, 이곳이 풍차를 세우는 데 적당한 장소이며, 그 풍차로 발전기를 돌려 농장에 전기를 공급할 수 있다고 말했다. 이렇게 되면 마구간을 환하게 밝힐 수 있고, 겨울에도 따뜻하게 지낼 수 있으며, 둥근 톱, 작두, 사료 써는 기계, 전기 착유기(搾乳機) 등을 사용할 수도 있다는 것이었다. 동물들은 지금까지 이런 것을 들어본 적이 없었다(이 농장은 구식이었기 때문에 아주 원시적인 기계밖에 없었다). 그래서 그들은 한가롭게 들판에서 풀을 뜯어먹고 있을 때라든지, 독서와 담화로 교양을 쌓고 있는 동안에 자기들을 대신해서 일해 줄 수 있는 환상적인 기계에 대해서 스노볼이 설명하자 모두 넋을 잃고 듣고만 있었다.

2~3주일도 안 되어 스노볼의 풍차에 관한 계획이 실행으로 옮겨졌다. 기계의 설계는 존스 씨가 가지고 있던 세 권의 책 ≪가내공업 1,000가지≫, ≪누구나 할 수 있는 벽돌 제조≫, ≪전기학 입문≫ 등에서 얻어 낸 것이었다.

스노볼은 예전에 인공 부화장으로 쓰던 작은 방을 서재로 사용했다. 그곳은 마룻바닥이 매끄럽고 반반해서 설계도를 그리기에 적합했기 때문이었다. 그는 그곳에 처박혀 몇 시간이나 계속해서 꼼짝 않고 있었다. 책을 펼쳐 돌로 눌러놓고 백묵을 발가락 사이에 끼고 민첩하게 이쪽저쪽으로 움직여 선을 여기저기 그어대며 흥분해서 코를 크르렁거리기도 했다. 설계도는 점점 크랭크와 톱니바퀴의 복잡한 단계에까지 이르러 마룻바닥의 반 이상이나 자리를 차지했다.

다른 동물들은 전혀 이해하지 못했지만 깊은 감명을 받는 듯했다. 동물들은 적어도 하루에 한 번 정도는 스노볼의 설계도를 보러 왔다. 암탉과 오리까지도 찾아와서 백묵으로 그린 선을 밟지 않으려고 애를 쓰면서 걸어다녔다.

오직 나폴레옹만이 냉담한 태도를 취하고 있었다. 그는 처음부터 이 계획에 반대를 표명했었다. 그러던 그가 어느 날, 예고없이 이 설계도를 보러 와서 작은 방 안을 뚜벅뚜벅 걸어다니며 설계도를 자세히 들여다보았다. 그리고는 한두 번 콧방귀를 뀌면서 잠시 동안 서서 곁눈질로 찬찬히 쳐다보더니 갑자기 한쪽 다리를 쳐들어 설계도 위에 오줌을 내갈기고는 한 마디 말도 없이 나가 버렸다.

농장 전체는 풍차 문제로 심각하게 분열되었다. 스노볼도 이것이 힘든 사업이라는 것은 부인하지 않았다. 돌산에서 돌을 캐어 그것을 쌓아 벽을 세워야 했고, 풍차 날개도 만들어야 했으며, 그 다음엔 발전기와 전선이 필요했다(이런 것을 어떻게 입수할 것인지에 대해서 스노볼은 아무 말도 하지 않았다). 그렇지만 그는 1년이면 이 모든 일을 끝낼 수 있다고 장담했다. 그리고 이 사업이 완성되고 나면 노동력이 많이 절약되기 때문에 동물들은 1주일에 사흘만 일하면 된다고 했다.

한편 나폴레옹은 당장 시급한 것은 식량 증산이라고 했다. 풍차에 매달려 시간을 허비하다가는 전부 굶어 죽게 된다고 역설했다.

동물들은 두 파로 나뉘어 '스노볼과 1주 3일 일하기 운동'과 '나폴레옹과 배불리 먹기 운동'이라는 표어 아래 뭉쳤다. 벤저민은 어느 파에도 가입하지 않은 유일한 동물이었다. 그는 식량이 더욱 증산될 것이라는 것도, 또 풍차가 노동력을 덜어 줄 것이라는 것도 믿지 않았다. 풍차가 있든 없든 생활은 지금까지와 마찬가지로 고생스러울 것이라고 그는 말했다.

풍차를 둘러싼 논쟁 말고도 농장 방어에 대한 또 다른 문제가 있었다. 인간들이 '외양간 전투'에서 패배하기는 했지만, 그들이 농장을 탈환해서 존스 씨를 복위시키려고 보다 단호한 계획을 다시 세우고 있을 것이라는 점은 충분히 짐작할 수 있었다. 인간들이 패배했다는 소식이 인근 지방으로 퍼져서 이웃 농장의 동물들이 예전보다 다루기 힘들게 되었기 때문에 사람들은 이런 계획을 세워야 할 이유가 더욱 커진 것이다.

이 점에 있어서도 스노볼과 나폴레옹은 여전히 의견의 일치를 보지 못했다. 나폴레옹의 주장에 의하면, 동물들이 해야 할 일은 화기(火器)를 구입해서 그 사용법을 훈련하는 것이었다. 그 반면에 스노볼은 더욱더 많은 비둘기를 보내어 다른 농장의 동물들에게 반란을 일으키도록 선동해야 한다고 주장했다. 한쪽은 자기 방어를 하지 않으면 반드시 정복당할 것이라고 주장했고, 다른 한쪽은 반란이 도처에서 일어난다면 자기 방어의 필요성은 없어질 것이라고 주장했다. 동물들은 처음에 나폴레옹의 주장에 귀를 기울였고, 다음엔 스노볼의 이야기를 들었지만, 어느 쪽이 옳은지 판단하기 어려웠다. 사실 그들은 누구든 열변을 토하면 곧장 거기에 솔깃해졌던 것이다.

드디어 스노볼의 설계가 완성되었다. 그래서 그 다음 일요일의 회합에서 풍차 설치를 위한 작업 착수 여부를 투표로 결정하기로 했다. 동물들이 큰 창고에 집합하자 스노볼이 먼저 일어나서, 때때로 양들이 매애거리며 훼방을 하는 가운데 풍차를 세우려는 이유를 설명했다.

다음에 나폴레옹이 일어나서 응수했다. 그는 풍차란 무의미한 것이니 아무도 이 안에 찬성 투표를 하지 말라고 아주 조용히 말하고 나서 재빨리 착석했다. 그는 겨우 30초 동안 연설했으며, 자기가 한 말의 효과에 대해서는 거의 관심도 없는 것 같았다.

그러자 스노볼이 벌떡 일어나서 또다시 떠들어대는 양들에게 소리를 질러 조용히 하게 하고는 풍차 건설에 찬성해 달라고 열렬히 호소했다. 이때까지만 해도 동물들은 거의 반반으로 갈려 있었다. 하지만 스노볼의 열변은 순식간에 그들의 마음을 휘어잡았다. 그는 열띤 어조로, 천박한 노동을 해야 하는 무거운 짐이 동물들의 등에서 벗겨지는 날에 전개될 '동물 농장' 의 광경을 그려 보였다. 그의 상상력은 이제 작두나 순무를 얇게 써는 기계 정도가 아니라 그보다 훨씬 앞선 영역에까지 미치고 있었다. 전기를 쓰게 되면 모든 외양간에 전등과 냉온수와 전기 난방기를 가설할 수 있을 뿐만 아니라, 탈곡기와 쟁기와 써레와 땅고르개와 곡식을 거두어들이고 단을 묶는 기계도 가동시킬 수 있게 될 것이라고 말했다. 그가 연설을 끝낼 무렵에는 표결의 결과가 이미 결정된 거나 마찬가지

≫ 드디어 스노볼의 설계가 완성되었다. 그래서 그 다음 일요일의 회합에서 풍차 설치를 위한 작업 착수 여부를 투표로 결정하기로 했다.

였다. 그러나 바로 이때 나폴레옹이 일어나서 스노볼을 노려보더니, 지금까지 누구도 들어보지 못한 날카로운 소리를 질렀다.

그러자 문 밖에서 개 짖는 소리가 무섭게 들려오더니, 놋쇠 장식이 달린 목걸이를 한 거대한 개 아홉 마리가 창고 안으로 뛰어들어왔다. 그들은 곧장 스노볼에게로 달려들었다. 스노볼은 간신히 그 자리에서 뛰쳐나가 개들의 날카로운 이빨을 피할 수가 있었다. 스노볼은 재빨리 달아났고, 개들은 그의 뒤를 쫓았다. 동물들은 눈으로 보고도 믿을 수 없어 문 쪽으로 몰려나와 그 추격전을 바라보았다.

스노볼은 큰길로 통하는 길다란 목장을 가로질러 달리고 있었다. 그는 돼지가 뛸 수 있는 최대한의 속도로 뛰었지만, 개들은 곧 그 뒤까지 바싹 따라붙고 있었다. 갑자기 그가 미끄러졌다. 개들이 분명히 그를 붙잡은 것 같았다. 그러나 그는 다시 일어나 전보다 더 빨리 달렸고, 개들은 또다시 그를 따라붙었다. 그 중 한 마리가 스노볼의 꼬리를 이빨로 거의 물 뻔했지만, 스노볼은 재빨리 꼬리를 휘둘러 겨우 화를 모면했다. 그리고 나서 그는 안간힘을 써서 불과 몇 인치를 사이에 두고 울타리 사이의 구멍으로 빠져나가 자취를 감추어 버렸다.

동물들은 공포에 질려 입을 다문 채 창고로 슬금슬금 돌아왔다. 개들도 재빨리 뛰어 돌아왔다. 처음에는 이 개들이 어디서 왔는지 누구도 알 수 없었지만 의문은 곧 풀렸다. 그들은 젖 뗄 무렵부터 나폴레옹이 어미로부터 격리시켜 은밀히 길러온 강아지들이었다. 아직 어미개처럼 자라지는 않았지만 거대한 체구에 늑대처럼 사나운 얼굴을 하고 있었다. 그들은 나폴레옹 곁에서 떠나지 않았다. 예전에 다른 개들이 존스 씨에게 한 것과 똑같이 나폴레옹을 보고 꼬리를 흔들었다.

나폴레옹은 개들을 거느리고 전에 메이저가 연설했던 높은 단상으로 올라갔다. 그는 앞으로 일요일 아침 회합은 중지한다고 선언했다. 그런 회합은 불필요한 시간 낭비라고 말했다. 앞으로 농장 운영에 관한 모든 문제는 자신이 의장직을 맡고 있는 돼지들의 특별 위원회에서 결정하겠다는 것이었다. 이 위원회는 비밀 회의로 하며 그들의 결정은 후에 다른 동물들에게 통고하겠다고 했다. 동물들은 앞으로도 일요일 아침에 모여 기에 경례를 하고, '영국의 가축들'을 노래하며, 그 주일의 일에 대한 명령은 하달받겠지만 토론은 일체 하지 않기로 한다는 것이었다.

동물들은 스노볼의 추방으로 큰 충격을 받은데다 다시 이런 말을 듣자 당황했다. 적당한 의견만 생각났더라면 항의했을 동물들도 상당수 있었다. 복서까지도 어쩐지 심기가 불편했다. 그는 귀를 뒤로 젖히고 몇 번이나 앞머리를 흔들며 생

≫ 나폴레옹은 개들을 거느리고 전에 메이저가 연설했던 높은 단상으로 올라갔다. 그는 앞으로 일요일 아침 회합은 중지한다고 선언했다.

각을 정리하려고 애썼지만 결국 아무것도 말할 수가 없었다. 몇몇 돼지들은 그래도 좀더 똑똑하게 의사 표시를 했다. 앞줄에 앉은 네 마리의 식용 돼지들은 불만의 소리를 높이며 모두가 한꺼번에 벌떡 일어나서 지껄이기 시작했다. 그러나 나폴레옹의 주위에 앉아 있던 개들이 위협하듯 낮게 으르렁거리자 돼지들은 점점 조용해지더니 그냥 주저앉아 버렸다. 그러고 나서 양들이 '네 다리는 좋고, 두 다리는 나쁘다!' 하고 큰소리로 외치며 15분 가까이 계속 떠들어댔기 때문에 토론의 기회를 영영 놓치고 말았다. 나중에 스퀼러가 농장 여기저기를 돌아다니며 다른 동물들에게 새로운 조치를 설명했다.

"동지 여러분, 나폴레옹 동지가 스스로 하지 않아도 될 수고를 희생적으로 한 것에 대해 여기에 있는 모든 동물들이 감사히 생각하고 있으리라고 나는 확신합니다. 동지 여러분, 지도한다는 것이 즐거운 일일 거라고 생각하지 마십시오! 그것은 오히려 굉장히 무거운 책임을 지는 일입니다. 모든 동물들이 평등하다는 것을 나폴레옹 동지만큼 확고하게 믿는 이도 없을 겁니다. 동지 여러분들이 스스로 결정할 수만 있다면 그는 그것을 오히려 기쁘게 생각했을 것입니다. 그러나 동지 여러분, 여러분들은 때때로 잘못된 결정을 할 염려가 있습니다. 그렇게 된다면 우리는 도대체 어떻게 되겠습니까? 여러분들이 스노볼의 그 미치광이 놀음 같은 풍차 계획에 따르기로 결정했다고 생각해 보십시오 — 우리가 현재 알고 있는 바와 같이 스노볼은 죄인에 불과한 자가 아닙니까?"

"그는 '외양간 전투'에서 용감하게 싸웠습니다."

누군가가 말했다.

"용감하다는 것만으로는 충분하지 않습니다. 충성과 복종이 더욱 중요합니다. 그리고 '외양간 전투'에 대해 말할 것 같으면, 스노볼이 해낸 일은 과장되어 있다는 것을 깨닫게 될 때가 머지않아 올 거라고 나는 믿고 있습니다. 동지 여러분, 규율, 철통 같은 규율! 이것이 오늘의 표어입니다. 한 발자국만 잘못 디디면 적들이 우리들을 제압하고 말 것입니다. 동지 여러분, 여러분들은 존스가 다시 오기를 바라진 않겠지요?"

스퀼러가 말했다.

그 말에는 다른 반론이 있을 리 없었다. 정녕 동물들은 존스의 복귀를 원치 않았다. 만일 일요일 아침에 갖는 토론이 존스를 돌아오게 만들 가능성이 있다면 그런 토론은 중지될 수밖에 없었다. 복서는 그때까지 충분히 여러 가지로 생각해 볼 시간을 가졌으므로 이런 말로 자신의 의견을 표시했다.

"만일 나폴레옹 동지가 그렇게 말한다면 그것이 옳겠지요."

그리고 이때부터 그는 '더 열심히 일하자'라는 그 개인적인 표어에 덧붙여서 '나폴레옹은 언제나 옳다'라는 금언을 쓰기로 했다.

이때쯤 날씨가 풀렸기 때문에 봄갈이가 시작되었다. 스노볼이 풍차의 설계도를 그렸던 조그만 방은 폐쇄되어 버렸다. 마룻바닥의 설계도도 지워졌으리라고 동물들은 생각했다. 일요일 아침마다 동물들은 10시에 큰 창고에 모여 그 주일의 작업 명령을 받았다. 살점이 완전히 떨어져 나간 메이저 영감의 두개골이 과수원에서 파내어져 깃대 밑에 있는 그루터기 위에 총과 나란히 안치되었다. 기를 게양한 후 동물들은 창고로 들어가기 전에 일렬로 서서 정중하게 두개골 앞을 행진했다.

이제 동물들은 예전처럼 모두 한자리에 둘러앉을 수가 없었다. 나폴레옹은 스퀼러와 노래와 시에 탁월한 재능을 가진 미니머스라는 이름의 돼지를 거느리고 높이 쌓은 연단 앞에 앉았고, 그 주위에 아홉 마리의 젊은 개들이 반원형으로 진을 치고 있었으며, 뒤에는 다른 돼지들이 자리를 차지하고 있었다. 나머지 동물들은 창고 한가운데에 자리를 잡고 이들과 마주보고 앉아야 했다. 그리고 나폴레옹이 군인같이 무뚝뚝한 자세로 ― 주일의 하달 사항을 큰 소리로 읽어 주면 동물들은 '영국의 가축들'을 한 번 부르고 나서 모두 해산했다.

스노볼이 추방된 후 세 번째 맞는 일요일, 나폴레옹이 결국 풍차를 짓기로 했다는 발표를 하자 동물들은 적잖이 놀랐다. 그는 마음을 바꾸게 된 동기에 대해서는 한 마디도 하지 않은 채 다만 이 특별 사업은 아주 힘든 일이며, 식량의 배급량을 줄일 필요가 있을지도 모른다고 경고했을 뿐이었다. 그러나 그 설계는 마지막 상세한 부분까지 이미 준비가 완료되어 있었다. 돼지들의 특별 위원회가 지난 3주일 동안 그 작업을 해 왔던 것이다. 풍차 건설은 다른 여러 가지 개량 사업과 함께 2년이 걸린다고 했다.

그날 저녁 스퀼러는 나폴레옹이 사실은 풍차 계획에 반대했던 것은 아니었다고 다른 동물들에게 넌지시 설명해 주었다. 반대로 처음에 그 안을 생각해 낸 것은 나폴레옹이었으며, 스노볼이 인공 부화장으로 쓰던 그 조그만 방의 마룻바닥에 그린 설계도도 사실은 나폴레옹의 서류에서 훔친 것이라고 했다. 원래 풍차는 나폴레옹의 독창적인 생각이라는 것이었다.

그렇다면 그가 그렇게 강력하게 반대한 이유는 무엇이었느냐고 누군가가 물었다. 그러자 스퀼러는 아주 능청스러운 표정을 지으면서, 그것은 나폴레옹 동지의 꾀라고 말했다. 나폴레옹이 풍차를 반대하는 척한 것은 다만 스노볼이 위험한 인물로서 나쁜 영향력을 갖고 있었기 때문에 그를 제거하려는 책략에 불과했다는 것이었다. 그리고 이제 스노볼이 없어졌기 때문에 이 계획은 그의 방해 없이 진행될 수 있다고 했다. 이것이 이른바 전술이라는 것이라고 그는 말했다. 그는 유쾌한 듯 꼬리를 흔들며 이리저리 뛰어다니면서 '전술이요, 동지 여러분, 전술입니다!' 라고 몇 번이나 되풀이해서 말했다. 동물들은 그 말이 무슨 뜻인지 이해할 수가 없었다. 그러나 스퀼러가 워낙 설득력 있게 말하는데다가 그와 함께 있던 세 마리의 개들이 위협하듯 으르렁거렸기 때문에 더 이상 질문도 하지 못하고 스퀼러의 설명을 받아들였다.

제 6 장

그 해 내내 동물들은 줄곧 노예처럼 일했다. 그러나 그들은 일을 하면서도 행복했다. 그들은 자기들이 하는 일 전부가 자신들은 물론 후세의 이익을 위한 것이지, 결코 빈둥거리며 도둑질이나 하는 인간들을 위한 것이 아님을 익히 알고 있었기 때문에 어떤 노력이나 희생도 아끼지 않았다.

봄과 여름 내내 그들은 주당 60시간씩 일했다. 그런데 8월이 되자 나폴레옹은 앞으로는 일요일 오후에도 일을 한다고 발표했다. 이 일은 엄밀하게 따지자면 지원제였지만 여기에 참여하지 않는 동물은 식량 배급이 반으로 줄었다. 그렇게까지 일을 했는데도 어떤 일은 끝내지 못하고 남겨둘 수밖에 없었다. 수확은 지난 해보다 조금 줄어들었고, 초여름에 근채류의 씨를 뿌려야 할 두 군데의 밭은 밭갈이가 늦어져 아직 씨를 뿌리지 못했다. 다가올 겨울은 고생스러울 것임을 예견할 수 있었다.

풍차는 예기치 못했던 난관에 봉착했다. 농장에는 질 좋은 석회암 채석장이 있었고, 모래와 시멘트는 부속 건물에 하나 가득 있었다. 다시 말해 건축에 필요한 재료는 모두 다 갖추어진 셈이었다. 그러나 동물들이 처음에 해결해야 할 문제는 돌을 적당한 크기로 자르는 것이었다. 곡괭이와 쇠지렛대를 사용하는 방법밖에 없었다. 그런데 동물들은 뒷다리만으로는 서 있을 수 없기 때문에 그런 도구들을 사용할 수가 없었다.

몇 주일에 걸쳐 헛된 노력을 반복한 후에야 비로소 누군가의 머리에 좋은 생각이 떠올랐다. ─ 말하자면 지구의 중력을 이용하는 것이었다. 그대로 쓰기에는 너무나 거대한 돌들이 그대로 채석장 바닥에 깔려 있었다. 동물들은 이것에 밧줄을 매 암소, 말, 양 뿐만 아니라 밧줄을 잡을 수 있는 동물들은 다 동원해 ─ 아주 긴급할 때는 돼지들까지도 이에 가담했다 ─ 필사적으로 조금씩 채석장의 비탈을 올라가 꼭대기에서 밑으로 떨어뜨려서 여러 조각으로 부서지게 했다. 일단 돌이 쪼개지고 나면 운반하는 것은 비교적 간단했다. 말들은 마차로 날랐고, 양들은 한 덩어리씩 끌어 날랐으며, 뮤리엘과 벤저민까지도 스스로 낡은 이륜마차에 멍에를 메고 할당된 일을 했다. 늦여름이 되자 충분한 양의 돌이 쌓였으므로 돼지들의 감독 아래 공사가 시작되었다.

그러나 이것은 더디고 힘든 공정(工程)이었다. 한 개의 돌덩이를 채석장 꼭대기까지 끌어올리느라 꼬박 하루가 걸릴 때도 여러 번 있었으며, 어떤 때는 낭떠러지로 밀어 떨어뜨렸는데도 돌이 깨지지 않는 때도 있었다.

복서가 없었다면 아무것도 할 수 없었을 것이다. 복서의 힘은 다른 동물들의 힘을 전부 합친 것과 맞먹을 정도였다. 돌덩어리가 미끄러져서 동물들이 질질 끌려 언덕 아래로 떨어져 내려가면서 절망적인 비명을 지를 때, 밧줄을 팽팽하게 잡아당겨서 돌덩어리가 미끄러져 떨어지는 것을 막는 것은 언제나 복서였다. 그가 숨을 가쁘게 쉬며 발굽 끝을 땅에 세우고 커다란 배를 땀으로 흠뻑 적시며 한 발짝 한 발짝 비탈을 올라가는 모습을 보면 동물들은 경탄을 금치 못했다.

클로버는 때때로 너무 무리하지 않도록 조심하라고 충고했지만, 복서는 귀담아들으려고 하지 않았다. 그의 두 개의 표어, '더 열심히 일하자!' 와 '나폴레옹은 언제나 옳다!' 가 그로서는 모든 질문에 대한 충분한 대답인 듯했다. 그는 젊은 수탉에게 부탁하여 매일 아침 다른 동물들보다 30분 일찍 깨우게 하던 것을 45분 일찍 깨우게 하였다. 그리고 요새는 그럴 시간도 별로 없었지만, 그래도 틈만 생기면 혼자 채석장에 가서 깨진 돌들을 한 무더기 모아서는 다른 동물들의 도움도 받지 않고 풍차를 세우는 장소로 끌고 갔다.

동물들은 그해 여름 동안 일은 고됐지만 생활만은 궁색하지 않았다. 존스 시절에 배해 더 많은 식량을 배급받지는 못했지만 적어도 그때보다 못한 편은 아니었다. 자기들끼리만 먹으면 되었고, 사치스러운 다섯 명의 인간들을 부양하지 않아도 된다는 것이 대단한 이점으로 작용했기 때문에 많은 실패가 있다 하더라도 그것을 충분히 보상하고도 남음이 있었다.

게다가 여러 가지 면에서 동물들이 하는 일의 방식은 보다 능률적이어서 힘도 덜 들었다. 예를 들면, 잡초를 뽑는 일 같은 것은 인간들로서는 도저히 할 수 없을 정도로 철저하게 해냈다. 그리고 동물들은 이제 도둑질을 하지 않았기 때문에 경작지와 목장 사이에 울타리를 칠 필요가 없었다. 이것은 울타리나 문 따위를 보수하는 데 드는 상당량의 노동력을 덜어 주었다.

그러나 한여름이 지나면서 차츰 예상 외의 부족한 점들이 피부로 느껴지기 시작했다. 파라핀유(油), 못, 끈, 개가 먹을 과자, 그리고 편자를 만들 쇠가 필요했다. 이런 것들은 농장에서 만들어 낼 수가 없는 것이었다. 나중에는 여러 가지 도구 이외에 씨앗과 인공 비료도 필요해졌으며, 마침내 풍차에 사용할 기계도 마련해야만 했다. 그러나 이런 것들을 어떻게 만들어 내야 할지 아무도 알지 못했다.

어느 일요일 아침, 동물들이 작업 명령을 듣기 위해서 모였을 때 나폴레옹은 새로운 정책을 결정했다고 발표했다. 이제부터 '동물 농장'은 이웃 농장과 교역을 하겠다는 것이었다. 물론 이것은 상업적인 목적에서가 아니고 단지 긴요하게 필요한 물자를 얻기 위해서였다. 풍차에 필요한 물품들은 다른 모든 것에 우선해야 한다고 그는 말했다. 그래서 그는 건초더미와 금년도 보리 수확량의 일부를 팔기로 작정했고, 나중에 만일 돈이 더 필요하게 되면, 윌링던에 있는 상설 계란 시장에 계란을 팔아서 충당해야 한다고 했다. 암탉들은 풍차의 건설을 위한 특별 봉사로서 이러한 희생을 기꺼이 받아들여야 한다고 나폴레옹은 말했다.

동물들은 다시 한번 막연한 불안감을 느끼지 않을 수 없었다. 인간들과는 여하한 관계도 맺지 않는다는 것, 상거래를 하지 않는다는 것, 돈을 사용하지 않는다는 것 — 이런 것들이야말로 존스를 쫓아내고 나서 열린 최초의 개선 회의에서 결정된 사항이 아니었던가? 동물들은 이런 결의가 통과되었던 것을 기억하고 있었다. 아니, 적어도 기억하고 있는 것같이 생각되었다. 나폴레옹이 회의를 폐지했을 때 항의했던 네 마리의 젊은 돼지들이 머뭇거리면서 말을 꺼내려했으나 개들이 무시무시하게 으르렁거리는 바람에 곧 입을 다물고 말았다. 그러자 여느 때처럼 양들이 '네 다리는 좋고, 두 다리는 나쁘다!' 하고 합창을 해 약간 험악했던 분위기도 다소 누그러졌다.

마침내 나폴레옹은 앞발을 쳐들고 조용히 하라고 한 다음, 자기는 벌써 모든 교섭을 마쳤노라고 말했다. 인간과 직접 접촉하는 것은 바람직하지 못한 일이다. 그래서 여러분에게 그런 일이 생기지 않게끔 자신이 모든 책임을 혼자서 질 생각이라고 했다. 이제 윌링던에 거주하는 윔퍼라는 지방 변호사가 이 '동물 농장'과 외부 세계와의 중개자가 될 것을 허락했으므로 월요일 아침마다 이 농장을 방문하여 그의 지시를 받기로 되어 있다는 것이다. 나폴레옹은 언제나처럼 '동물 농장 만세!'를 외치며 연설을 끝냈고, 동물들은 '영국의 가축들'을 합창하고 나서 해산했다.

나중에 스퀄러가 농장을 순회하며 동물들의 마음을 진정시켰다. 그는 상거래를 하지 않겠다는 안과 돈을 사용하지 않겠다는 안에 대한 결의는 통과된 적이 없고, 또 그런 안은 제안조차 한 일도 없다고 동물들에게 다짐을 해 두었다. 그것은 순전히 공상이며 아마도 근거가 있다면 그것은 처음에 스노볼이 퍼뜨린 거짓말에서 비롯된 것일 거라고 말했다. 몇몇 동물들이 그래도 여전히 의심을 품자 스퀄러는 그들에게 날카롭게 질문했다.

"동지 여러분! 그게 여러분들이 꾼 꿈이 아니라고 확신할 수 있습니까? 그런 결의를 했다는 기록이라도 있습니까? 어디에 그런 것이 명시되어 있습니까?"

그런 것들이 기록으로 남아 있지 않다는 것은 분명한 사실이었기 때문에 동물들은 자기들이 잘못 생각하고 있었다고 믿게 되었다.

월요일마다 윔퍼 씨는 약속대로 농장을 찾아왔다. 그는 구레나룻을 기른, 교활해 보이는 얼굴에 체구가 작은 남자로서, 그다지 유능하지 않는 지방 변호사였다. 그러나 아주 영악해

≫ 월요일마다 윔퍼 씨는 약속대로 농장을 찾아왔다. 그는 구레나룻을 기른, 교활해 보이는 얼굴에 체구가 작은 남자로서, 그다지 유능하지 않는 지방 변호사였다.

서 누구보다도 먼저 '동물 농장'에는 중개인이 필요하며, 그 수수료도 상당히 많으리라는 것을 알아차린 듯했다.

동물들은 두려운 얼굴로 그가 드나드는 것을 지켜보았으며, 될 수 있는 한 그와 마주치지 않으려 했다. 그럼에도 불구하고 네 다리로 서 있는 나폴레옹이 두 다리로 선 윔퍼에게 명령을 내리는 모습은 그들에게 자부심을 불러일으켰고, 이 새로운 결정에 얼마간 만족해하기까지 했다. 이제 인간과 그들의 관계는 아주 판이하게 달라져 있었다.

그러나 번창해 가는 현재의 '동물 농장'에 대한 인간들의 증오심은 오히려 전보다 더 심했다. 사람들은 누구나 이 농장이 조만간에 붕괴될 것이고, 그 중에서도 풍차 계획은 실패로 끝나리라는 것을 신념처럼 믿고 있었다. 그들은 선술집에서 만나면 그림을 그려가면서, 풍차는 틀림없이 실패할 것이며, 설사 세워진다 해도 결코 가동되지는 못할 것이라고 서로 주장하곤 했다. 그러면서도 그들은 동물들이 일을 능률적으로 처리해 나가는 데 대해서는 일종의 존경심마저 품게 되었다. 그 한 가지 예로서, 그들은 '동물 농장'을 그 이름대로 제대로 부르기 시작했고, 매너 농장이라고 부르던 것을 그만두었다. 그들은 또한 존스를 옹호하지 않았으므로 존스도 농장을 다시 찾겠다는 희망을 포기한 채 다른 고장으로 이주해 버렸다. 윔퍼를 통해서가 아니면 '동물 농장'과 외부 세계와의 접촉은 아직 없었다. 하지만 나폴레옹이 폭스 우드의 필킹턴 씨나 핀치 필드의 프레드릭 씨 중 어느 한 사람하고 일정한 거래 협정을 맺으려 한다는 소문이 끊임없이 나돌았다 ― 그러나 두 사람과 동시에 협정을 맺지는 않으리라는 것이었다.

돼지들이 갑자기 농장 집으로 이사를 하고 그곳에서 거주하게 된 것은 바로 이 무렵이었다. 동물들은 다시 초기에 이 것을 반대하는 결의가 통과되었었다는 사실을 상기하는 것 같았다. 스퀼러는 이번에도 그들에게 그것은 사실 무근이었다고 설득했다. 그는 농장의 두뇌인 돼지들에게는 일을 할 수 있는 조용한 장소가 절대적으로 필요하다고 말했다. 게다가 영도자(요즈음 그는 나폴레옹을 말할 때 '영도자'라는 칭호를 붙였다)의 위엄에 걸맞으려면 보통의 돼지우리보다 이 집에 사는 것이 더 어울린다고 말했다. 그럼에도 불구하고 동물들 중 몇 몇은 돼지들이 부엌에서 식사를 하고 응접실을 휴게실로 사용할 뿐만 아니라 침대에서 잠을 잔다는 말을 들었을 때 마음이 혼란스러웠다.

복서는 여느 때처럼 '나폴레옹은 언제나 옳다!'라는 금언으로 인정해 버렸지만, 침대 사용을 금한다는 뚜렷한 규칙을 기억하고 있다고 생각한 클로버는 창고 끝으로 가서 거기에 씌어 있는 칠계명을 읽어 보려고 했다. 그녀는 개별적인 각각의 글자밖에 읽을 수 없었기 때문에 뮤리엘을 데리고 갔다.

"뮤리엘, 넷째 계명을 읽어 줘요. 절대로 침대에서 자서는 안 된다는 말 아닌가요?"

클로버가 물었다.

뮤리엘은 더듬거리면서 한 자 한 자 읽었다.

"어떤 동물도 시트가 깔린 침대에서 자서는 안 된다고 씌어 있어요."

클로버는 아무리 생각해 봐도 넷째 계명에서 시트에 대해 언급되었던 기억이 나질 않았다. 하지만 벽에 그렇게 씌어 있다니 믿을 수밖에 없었다. 그런데 마침 두어 마리의 개를 데리고 지나가던 스퀄러가 그 일에 대해 분명하게 설명해 주었다.

"동지 여러분, 여러분은 우리 돼지들이 요즘 농장 집의 침대에서 잔다는 말을 들어 알고 있겠지요? 그게 어떻단 말입니까? 설마 침대를 금하는 규칙이 있었다고 생각하는 것은 아니겠지요? 침대라는 것은 단순히 잠자는 장소를 의미합니다. 외양간에 있는 짚더미도 정확하게 말하면 침대인 것입니다. 규칙은 인간이 만들어 낸 시트를 금하자는 겁니다. 우리들은 농장 집 침대에서 시트를 치워 버리고 담요 사이에서 자고 있습니다. 그것도 정말 편한 침대더군요! 그러나 동지 여러분, 우리들이 요즈음 해야 하는 정신적 노동에 비추어 보면, 결코 분에 넘치는 편안함은 아닙니다. 동지 여러분, 여러분은 설마 우리의 휴식을 빼앗을 작정은 아니겠지요? 우리가 의무를 수행하지 못하게끔 우리를 피로하게 하지는 않겠지요? 누구도 존스가 다시 돌아오는 것을 원하지는 않겠지요?"

동물들은 이 점에 대한 해답이 분명해졌다. 그래서 더 이상 돼지들이 농장 집 침대에서 자는 것에 대해 말하지 않았다. 그리고 그로부터 며칠 후, 이제부터 돼지들은 다른 동물들보다 한 시간 늦게 일어날 것이라고 발표했을 때도 여기에 대해 아무런 불평이 없었다.

가을이 되자 동물들은 지쳐 있었지만 행복했다. 그들은 고생스런 한해를 보냈고, 건초와 옥수수의 일부를 팔고 난 후라서 겨울 양식을 충분히 저장할 수 없었지만, 풍차를 생각하면 그 모든 걱정과 피로가 사라졌다. 풍차는 이제 거의 반쯤 완성되어 있었다. 가을 추수가 끝난 후에도 한동안 건조하고 맑은 날씨가 계속되었다. 그래서 동물들은 풍차의 벽을 한 자라도 더 높이 쌓을 수만 있다면 하루 종일 부지런히 돌덩이를 운반하는 일보다 더 가치 있는 일은 없다는 생각에 전보다 더욱 열심히 일했다.

복서는 밤에도 가을 달빛을 받으며 한두 시간 동안 혼자서 일을 하곤 했다. 동물들은 여가 시간이면 반쯤 완성된 풍차 주위를 돌면서 그 벽의 튼튼함과 높이에 감탄하고 자기들이 어떻게 이렇게 훌륭한 것을 세울 수 있었던가 하고 놀라기도 했다. 단지 벤저민 영감만은 여전히 풍차에 열의를 보이지 않았고, 언제나 그랬듯이 '당나귀는 오래 사는 짐승'이라는 수수께끼 같은 말 외에는 아무 말도 하려고 하지 않았다.

사나운 남서풍과 함께 11월이 다가왔다. 날씨가 너무 습해서 시멘트를 섞을 수 없었기 때문에 건축을 중단해야만 했다. 그러던 어느 날 밤, 폭풍이 심하게 부는 바람에 농장 건물 전체가 흔들리더니 창고 지붕에서 기왓장 몇 개가 날아가 버렸다. 암탉들은 한결같이 멀리서 총 소리가 들려오는 꿈을 꾸고는 공포에 질려 눈을 뜨고 울고 있었다.

아침이 되어 동물들이 축사(畜舍)에서 나와 보니 게양대는 쓰러져 있었고, 과수원 밑에 있는 느릅나무는 무처럼 뽑혀 있었다. 이런 광경을 둘러보고 있던 모든 동물들은 일제히 비명을 질렀다. 무참한 장면이 그들의 눈에 들어왔기 때문이었다. 풍차가 무너져 있었던 것이다.

그들은 일제히 현장으로 달려갔다. 좀처럼 뛰지 않던 나폴레옹도 앞장서서 달렸다. 역시 풍차는 무너져 있었다. 그들의 고투(苦鬪)의 결실이 송두리째 무너져 있었다. 그들이 그렇게 애써서 깨뜨리고 운반했던 돌들이 사방에 흩어져 있었다.

모두들 처음에는 아무 말도 못한 채 단지 무너진 돌더미를 비통한 표정으로 바라보고만 있었다. 나폴레옹도 말없이 왔다갔다하면서 가끔씩 땅에 코를 대고 킁킁거려 냄새를 맡았다. 그러더니 그의 꼬리가 빳빳해지면서 좌우로 떨렸다. 이것은 그가 강렬한 정신 활동을 하고 있다는 표시였다. 갑자기 그는 결심이라도 한 듯 멈춰 섰다.

"동지 여러분!"

그는 조용히 말했다.

"이렇게 된 것이 누구의 책임인지 아시겠습니까? 밤중에 들어와서 우리들의 풍차를 부순 적이 누군지 아십니까? 스노볼입니다!"

그리고 갑자기 벼락같이 소리쳤다.

"스노볼이 이런 짓을 한 겁니다! 악의에 가득 차서, 이곳에서 쫓겨난 분풀이로, 그 배반자는 야간을 틈타 이곳에 살짝 숨어 들어와서는 거의 1년에 걸친 우리들의 공사를 파괴시킨 것입니다. 동지 여러분, 나는 이 자리에서 스노볼에게 사형을 선고합니다. 그를 처형하는 자에게는 '제2급 동물 영웅 훈장'을 수여하고 반 부셸의 사과를 상으로 주겠습니다. 또 그를 생포하는 자에게는 한 부셸을 주겠습니다!"

동물들은 스노볼이 그처럼 못된 짓을 저질렀다는 데 대해 말로 표현할 수 없는 충격을 받았다. 그들은 분노에 차서 소리를 지르며 만약 스노볼이 돌아온다면 어떻게든 그를 잡아 혼을 내주리라고 별렀다. 바로 그때 언덕에서 약간 떨어진 풀밭에서 돼지 발자국이 발견되었다. 그 발자국을 몇 야드 따라가 보니 울타리 구멍으로 통해 있었다. 나폴레옹은 그 발자국의 냄새를 열심히 맡아 보고 그것이 스노볼의 것이라고 단정했다. 그는 스노볼이 폭스 우드 농장 쪽에서 온 것이 분명하다고 말했다.

"동지 여러분, 더 이상 지체할 수 없습니다! 할 일이 태산입니다. 바로 오늘 아침부터 풍차 재건에 착수하여 비가 오거나 날씨가 개거나 겨우내 작업을 계속해야 합니다. 저 파렴치한 배신자에게 우리들의 사업이 그렇게 쉽사리 무너질 수 없다는 것을 가르쳐 줍시다. 잊지 마시오, 동지 여러분. 우리의 계획에는 절대로 변경이 있을 수 없다는 것을. 예정대로 실행하는 겁니다. 전진합시다, 동지 여러분! 풍차 만세! 동물 농장 만세!"

제 7 장

혹독한 겨울이었다. 매섭게 몰아치던 폭풍우가 진눈 깨비와 눈으로 바뀌더니 이내 땅이 얼어붙어 2월이 다 갈 때까지 좀처럼 녹지 않았다. 동물들은 온 힘을 기울여 풍차 재건에 힘썼다. 외부 세계가 지켜보고 있는데다가, 풍차가 제때에 준공되지 않으면 시기심 많은 인간들이 환호를 올리며 즐거워할 것임을 그들은 너무나 잘 알고 있었기 때문이었다.

악의에 찬 인간들은 풍차를 파괴한 자가 스노볼이라는 걸 믿지 않는 듯했다. 벽이 너무 얇아서 무너진 것이라는 식이었다. 동물들은 그렇지 않다는 것을 알고 있었지만 만일을 위해 이번에는 벽 두께를 전처럼 18인치가 아니라 3피트로 두껍게 쌓기로 결정했다. 이것은 전보다 훨씬 많은 석재를 모아야 한다는 것을 의미했다.

채석장에는 오랫동안 눈이 잔뜩 쌓여 있어서 아무 일도 할 수가 없었다. 뒤이어 건조하고 추운 날씨가 풀려 작업에 약간의 진전이 있었지만, 그것은 생각만 해도 끔찍한 작업이었다. 동물들은 전처럼 희망을 느낄 수가 없었다. 그들은 언제나 추웠고, 게다가 늘 배가 고팠다. 복서와 클로버만이 용기를 잃지 않았다. 스퀼러는 봉사의 즐거움과 노동의 신성함에 대해서 더할 수 없이 훌륭한 연설을 했지만, 동물들은 복서의 힘과 그의 변함없는 '더 열심히 일하자!' 라는 외침에서 오히려 더 많은 감화를 받았다.

정월이 되자 식량이 부족했다. 옥수수 배급량은 줄어들었고, 그것을 보충하기 위해 감자를 더 배급할 것이라는 발표가 있었다. 그러나 감자의 대부분이 흙과 짚더미로 충분히 덮어두지 않은 까닭에 서리를 맞아 얼어 버렸다는 것을 알게 되었다. 감자는 물컹물컹해지고 색깔이 변해서 먹을 수 있는 것은 얼마 안 되었다. 동물들은 어떤 때는 며칠 동안 왕겨와 사탕무만 먹어야 했다. 기아가 바로 눈앞에 닥친 것 같았다.

이런 사실은 그러나 무슨 일이 있어도 외부에 알릴 수 없었다. 풍차가 붕괴된 뒤로 용기를 얻은 인간들은 '동물 농장'에 대해 새로운 거짓말을 만들어 냈다. 동물들은 기아와 질병으로 거의 다 죽어가고 있다는 둥, 끊임없이 자기들끼리 싸우고 서로 잡아먹고 새끼들을 죽인다는 둥의 소문이 또다시 퍼져 갔다.

나폴레옹은 식량 사정의 진상이 알려지면 나쁜 결과가 초래될 것을 잘 알고 있었으므로 윔퍼 씨를 이용해서 정반대의 소문을 퍼뜨리기로 결심했다. 이제까지 동물들은 매주 찾아오는 윔퍼 씨와 거의, 아니 전혀 접촉을 하지 않았다. 그러나 나폴레옹은 대부분 양들로 구성된, 몇몇 선발된 동물들을 시켜 윔퍼 씨가 듣는 앞에서 아주 자연스럽게 식량 배급이 늘었다고 말하라는 지시를 내렸다. 뿐만 아니라 나폴레옹은 저장 창고의 거의 다 비어 있는 식량 상자들을 모래로 가득 채우고 그 위를 남은 곡식과 밀기울로 덮게 했다. 그리고는 적당한 구실을 만들어 윔퍼를 저장 창고로 안내해서 식량 상자를 슬쩍 엿보게 했다. 이에 속아 넘어간 그는 '동물 농장'에는 절대로 식량이 부족하지 않다고 외부에 떠들고 다녔다.

그러나 정월 그믐이 가까워오자 어디에선가 곡식을 구해 오지 않으면 안 될 형편이었다. 그 사이 나폴레옹은 거의 동물들 앞에 나타나지 않고 농장 집 안에서만 시간을 보냈다. 집 주위의 각 문마다 사납게 보이는 개들을 세워 감시하게 하고, 외출할 때도 여섯 마리 개의 호위를 받았다. 누구든지 가까이 접근하기만 하면 개들이 으르렁거렸다. 그런데다 일요일 아침에도 나타나지 않는 일이 많았고, 명령은 다른 돼지, 대개는 스퀼러를 통해서 전달했다.

어느 일요일 아침, 스퀼러는 이제 막 알을 낳기 시작한 암탉들에게 계란을 바치라고 명령했다. 나폴레옹은 윔퍼를 통해 매주 4백 개의 계란을 팔겠다는 계약을 맺었다. 그 돈으로 여름이 돌아와서 사정이 호전될 때까지 농장을 꾸려가기 위한 곡식과 밀기울을 사들일 계획이었다.

암탉들은 이 말을 듣고 무시무시한 비명을 질러댔다. 진작부터 이러한 희생이 있을지도 모른다는 통고를 받기는 했지만 실제로 그렇게 되리라고는 믿지 않았기 때문이었다. 그들은 봄 병아리를 까기 위해 알을 품으려고 준비하고 있었는데,

그 계란들을 지금 가져간다는 것은 살육 행위라고 항의했다. 존스 추방 후 처음으로 반란 비슷한 사건이 일어났다. 검은 미노르카 종(種) 젊은 암탉 세 마리의 지휘하에 암탉들은 나폴레옹의 요구를 무산시키려고 단호한 행동을 개시했다. 그들의 저항 방법은 서까래 위로 날아가서 알을 낳음으로써 바닥에 떨어뜨려 깨뜨리는 것이었다.

나폴레옹은 신속하고 무자비한 조치를 내렸다. 그는 암탉들의 먹이 배급을 중단하라고 명령한 뒤 만약 한 알의 옥수수라도 주는 자는 사형에 처한다고 엄포를 놓았다. 개들은 이 명령을 준수하도록 감시했다. 암탉들은 닷새 동안 버텼지만 드디어 항복하고 닭장으로 돌아왔다. 그 동안 암탉 9마리가 죽었다. 그들의 시체는 과수원에 매장되었고, 콕시듐 병으로 죽었다고 발표되었다. 윔퍼는 이 사건에 대해 아무 기미도 눈치채지 못했고, 식료 잡화상의 마차가 1주일에 한 번씩 농장에 와서 약속대로 계란을 실어갔다.

이러는 동안에도 스노볼의 모습은 보이지 않았다. 이웃 농장인 폭스 우드에 있다거니 혹은 핀치 필드에 숨어 있다는 등의 소문이 나돌 뿐이었다. 이즈음 나폴레옹과 다른 농장주들과의 관계는 전보다 약간 호전되어 있었다. 그런데 동물 농장의 마당에는 10년 전 너도밤나무 숲을 벌목할 때 쌓아 놓았던 목재더미가 잘 마른 상태로 방치되어 있었다. 이것을 본 윔퍼

≫ 암탉들은 닷새 동안 버텼지만 드디어 항복하고 닭장으로 돌아왔다. 그 동안 암탉 9마리가 죽었다.

가 나폴레옹에게 그것을 팔도록 권했다. 필킹턴 씨는 물론 프레드릭 씨도 그것을 사고 싶어 했다. 나폴레옹은 어느 쪽에 팔 것인지를 결정짓지 못하고 있었다. 그가 프레드릭과 계약을 맺으려고 할 때는 스노볼이 폭스 우드 농장에 숨어 있다는 소문이 들렸고, 또 필킹턴 쪽으로 마음이 기울어질 때는 스노볼이 핀치 필드 농장에 숨어 있다는 풍문이 돌았기 때문이었다.

이른 봄에 갑자기 놀라운 사실이 밝혀졌다. 스노볼이 밤을 틈타서 은밀히 이 농장에 출입하고 있다는 것이었다. 이 말을 들은 동물들은 불안해서 도무지 잠을 잘 수가 없었다. 소문에 의하면 그는 매일 밤 어둠을 타고 몰래 들어와서 온갖 나쁜 짓을 다 저질렀다. 옥수수를 훔치고, 우유통을 뒤엎는가 하면, 계란을 깨고, 묘목을 짓밟았으며, 과일나무의 껍질을 벗겨 놓는다는 것이었다. 그래서 그들은 뭔가 잘못된 일이 있으면 무조건 스노볼의 탓으로 돌리게 되었다. 창문이 깨지거나 배수구가 막혀도 누군가가 어김없이 스노볼이 밤에 와서 그렇게 해 놓았다고 불평을 했고, 식량 저장 창고의 열쇠가 없어져도 농장의 동물들은 스노볼이 그것을 우물 속에 던져 버렸다고 믿었다. 이상스럽게도 잃었다던 열쇠를 밀기울 부대 밑에서 찾아냈을 때조차도 그들은 여전히 그렇게 믿었다. 암소들은 스노볼이 그들의 우리 속으로 몰래 들어와서 그들이 잠자고 있는 사이에 우유를 짜 갔다고 한결같이 입을 모아 주장했다. 그해 겨울 동안 두통거리였던 쥐들이 스노볼과 한패라는 말도 있었다.

나폴레옹은 스노볼의 활동에 대해 철저하게 조사하라는 명령을 내렸다. 그리고 개들의 호위를 받으며 직접 나서서 농장 건물들을 샅샅이 뒤지고 다녔다. 다른 동물들은 경의를 표하여 거리를 두고 그 뒤를 따랐다.

나폴레옹은 두서너 발자국 걷다가는 걸음을 멈추고 스노볼의 흔적을 더듬기 위해서 땅에 코를 대고 킁킁거렸다. 그는 냄새로 확인할 수 있다고 말했다. 그리고 창고에서, 외양간에서, 닭장에서, 채소밭에서 구석구석 냄새를 맡느라고 킁킁거렸고, 어느 곳에서나 스노볼의 흔적을 찾아냈다. 그는 코를 땅에 대고 몇 번 숨을 깊이 들이마신 다음 무시무시한 목소리로 이렇게 외쳐댔다.

"스노볼이야! 그놈이 여기 왔었어! 분명해. 냄새가 나는군!"

그러면 '스노볼'이라는 말이 나올 때마다 개들은 피가 얼어붙을 것 같은 소리로 으르렁거리며 이빨을 드러내 보였다.

동물들은 공포에 질렸다. 스노볼이 마치 눈에 보이지 않는 무서운 힘으로 주위의 공기 속으로 퍼져 음모를 꾸미고, 그들을 위협하는 것만 같았다. 저녁때 스퀼러는 그들을 한자리에 모아놓고 어처구니없다는 표정을 지으며 모종의 중대한 소식을 전하겠다고 했다.

"동지 여러분!"

스퀼러는 신경질적으로 껑충껑충 뛰면서 소리질렀다.

"아주 무서운 일이 밝혀졌습니다. 스노볼이 핀치 필드 농장의 프레드릭에게 자신을 팔아넘기고 그 프레드릭과 함께 호시탐탐 우리들을 공격해서 농장을 빼앗으려는 흉계를 꾸미고 있습니다! 공격이 시작되면 스노볼은 길잡이 노릇을 할 것이오. 그러나 그보다 더 악랄한 일이 있습니다. 스노볼의 배신은 그의 허영과 야심 때문이었다고 우리는 생각했었습니다. 그러나 그것은 잘못된 생각이었소. 동지 여러분, 진짜 이유가 무엇이었는지 알겠소? 스노볼은 처음부터 존스와 한패였던 겁니다! 그는 늘 존스의 비밀 첩자였소. 그런 사실이 우리가 지금 발견한, 그가 두고 간 서류에서 증명됐습니다. 동지 여러분, 이것으로 여러 가지 사실이 설명될 거라고 생각합니다. 그가 저 '외양간 전투'에서 우리들에게 패배와 파멸을 안겨 주려고 한 것을 우리 스스로 목격하지 않았습니까? — 다행히 그의 계획은 수포로 돌아갔지만 말입니다."

동물들은 혼란에 빠졌다. 그것이 사실이라면 그야말로 풍차를 파괴한 것보다 훨씬 더 흉악한 짓이었다. 그러나 한참 동안 그들은 그 말을 어떻게 새겨야 할지 알 수 없었다. 그들은 스노볼이 '외양간 전투'에서 선두에 나서서 공격했고, 전세가 변할 때마다 번번이 그들을 규합하고 격려했으며, 존스가 쏜 총탄이 그의 등에 상처를 냈을 때조차 한순간도 멈추지 않고 싸웠던 기억이 아직도 생생했으므로 처음에는 이런 일이 어째서 그가 존스 편이었다는 사실과 일치하는지 이해하기 어려웠다. 여간해서 의심을 하지 않는 복서까지도 어리둥절해했다. 그는 앞발을 꿇고 앉아 눈을 감고 열심히 자기의 생각을 정리하려고 애썼다.

"난 믿을 수가 없어요. 스노볼은 '외양간 전투'에서 용감하게 싸웠습니다. 내 눈으로 똑똑히 보았단 말예요. 그리고 우리들은 '제1급 동물 영웅 훈장'을 그에게 수여했잖아요?"

그가 말했다.

"동지, 그것이 바로 우리들의 잘못이었소. 이제서야 그 사실을 알게 된 겁니다 — 사실 그는 우리들을 파멸로 이끌려고 했던 겁니다."

"하지만 그는 부상까지 당한데다, 우리 모두 그가 피를 흘리는 것을 보았어요."

복서가 말했다.

"그것도 그의 계책에 불과한 것이란 말이오!"

스퀼러는 큰소리로 외쳤고, 이리저리 뛰면서 이렇게 말했다.

"존스의 총알은 그에게 경상을 입혔을 뿐이오. 여러분이 읽을 수만 있다면 직접 그가 쓴 것을 보여 줄 수도 있겠지만, 하여튼 그는 위급한 순간에 후퇴 신호를 내려 적에게 진지를 내

주려는 음모를 꾸몄습니다. 그리고 자칫하면 그렇게 될 뻔했습니다 — 동지 여러분, 우리들의 영웅적인 지도자 나폴레옹 동지가 없었더라면 그의 계획은 성공했을 겁니다. 존스와 일꾼들이 마당으로 들어섰을 때 스노볼이 갑자기 돌아서서 도망치자 덩달아 많은 동물들이 그 뒤를 쫓아갔었던 것을 여러분들은 기억하고 있지 않습니까? 그리고 또 허둥지둥하며 모든 것이 끝장났다고 생각하는 바로 그 순간에 나폴레옹 동지가 '인간 타도!' 라고 외치며 뛰쳐나와 존스의 다리를 이빨로 물어뜯었던 것도 여러분은 기억하고 있지 않습니까? 동지 여러분, 분명히 그것을 기억하고 있겠지요?'

스퀄러가 너무나도 생생하게 그때의 장면을 설명하자, 동물들은 전투가 위기에 몰렸을 때 스노볼이 돌아서서 도망갔던 것이 기억났다. 그러나 복서는 아직도 뭔가 석연치 않았다.

"나는 스노볼이 처음부터 배반자였다고는 믿지 않아요. 그가 나중에 한 일은 그렇다 하더라도 '외양간 전투'에서는 그는 훌륭한 우리의 동지였다고 난 생각합니다."

그는 마침내 결정을 내리듯 말했다.

"우리의 지도자 나폴레옹 동지께서는 스노볼이 처음부터 — 그러니까 반란을 구상하기 훨씬 전부터 존스의 첩자였었다고 말씀하셨습니다."

스퀼러는 아주 단호하게 또박또박 말했다.

"아, 그렇다면 또 모르지요! 나폴레옹 동지가 그렇게 말했다면 그게 옳을 겁니다."

복서가 말했다.

"동지, 잘 생각했소!"

스퀼러가 외쳤다. 그러나 그의 번뜩이는 작은 눈은 무섭게 복서를 흘겨보았다. 그는 돌아서서 가다가 걸음을 멈추고 한마디 덧붙였다.

"내가 경고해 두겠는데, 이 농장의 모든 동물들은 눈을 크게 뜨고 있어야 합니다. 스노볼의 비밀 첩자가 지금 이 순간에도 우리들 사이에 숨어 있다고 생각할 만한 증거가 있기 때문입니다!"

그로부터 나흘 후, 늦은 오후에 나폴레옹은 동물들에게 모두 마당으로 모이라고 명령했다. 동물들이 집합하자 나폴레옹은 두 개의 훈장을 달고(그는 최근에 '제1급 동물 영웅 훈장' 과 '제2급 동물 영웅 훈장' 을 자기 자신에게 수여했다) 농장 집에 나타났다. 그의 주위에서는 커다란 개 아홉 마리가 그의 신변을 호위하며 이리저리 뛰어다니면서 으르렁거렸다. 동물들은 무언가 무서운 일이 일어날 것 같은 예감에 등골이 오싹함을 느끼며 각각 자기 자리에 쪼그리고 앉았다.

나폴레옹은 우뚝 서서 일동을 둘러보더니 날카로운 소리로

≫ 그의 주위에서는 커다란 개 아홉 마리가 그의 신변을 호위하며 이리저리 뛰어다니면서 으르렁거렸다.

콧바람을 불었다. 즉시 개들이 앞으로 뛰쳐나와 네 마리의 돼지 귀를 물고는 고통과 공포로 울부짖는 그들을 나폴레옹의 발밑까지 끌고 갔다. 돼지들의 귀에서는 피가 흘렀고, 피맛을 본 개들은 미친 것같이 한동안 날뛰었다. 동물들이 더욱 놀란 일은 개 세 마리가 복서에게 덤벼든 것이었다. 복서는 그들이 덤벼드는 것을 보자, 커다란 앞발굽을 내밀어 공중으로 뛰어드는 개 한 마리를 잡아채어 땅바닥에 짓눌렀다. 그 개가 살려 달라고 비명을 질러대자 다른 두 마리는 꼬리를 감추며 도망쳤다. 복서는 이 개를 짓밟아 죽여 버릴 것인지, 아니면 살려줄 것인지 물어보듯 나폴레옹의 표정을 살펴보았다. 나폴레옹의 안색이 변하는 듯하더니 엄숙한 어조로 개들을 살려주라고 명령했다. 복서가 발굽을 쳐들자 개는 다친 몸을 끌고 낑낑거리면서 도망쳤다.

이내 소란이 가라앉았다. 네 마리의 돼지들은 부들부들 떨면서 처분만 내리기를 기다리는 듯 겁에 잔뜩 질려 있었다. 나폴레옹은 그들에게 범행을 자백하라고 명령했다.

그들은 나폴레옹이 '일요 회의'를 폐지했을 때, 항의를 한 네 마리의 돼지들이었다. 얼마 다그치지 않아서 그들은 스노볼이 추방된 뒤에 그와 계속 비밀리에 접촉해 왔으며, 그에게 가담해서 풍차를 파괴했고, '동물 농장'을 프레드릭 씨에게 넘겨주기로 이미 그와 협정을 맺었다고 자백했다. 그리고 스노볼이 지금까지 수년 동안 존스의 비밀 첩자였음을 그들에게 슬며시 암시했다고 덧붙였다.

그들이 자백을 마치자 개들이 즉각 달려들어 그들의 목을 물어뜯어 버렸다. 나폴레옹이 무시무시한 소리로 다른 동물들 중에는 자백할 자가 없느냐고 물었다.

계란 문제로 인한 반란의 주모자였던 암탉 세 마리가 앞으로 나와, 꿈에 스노볼이 나타나서 나폴레옹의 명령에 따르지 말 것을 선동했다고 고백했다. 그들도 무참히 죽음을 당했다. 그 다음 거위 한 마리가 나와 지난해 수확기에 옥수수 여섯 알을 숨겨 두었다가 밤에 몰래 먹었다고 자백했다. 한 마리의 양이 나서서 자신은 식수용 우물에 오줌을 누었는데, 이것은 스노볼의 선동에 의한 것이었다고 자백했다. 다른 두 마리 양은 나폴레옹의 특별 숭배자인 늙은 숫양이 기침으로 고생하고 있을 때 모닥불 주위로 빙글빙글 몰아넣어서 죽여 버렸다고 자백했다. 그들 역시 모두 그 자리에서 처형되었다.

이렇게 자백과 처형이 계속되는 동안 마침내 나폴레옹의 발밑에는 시체가 산더미같이 쌓였고, 피비린내가 사방에 퍼졌다. 이것은 존스가 추방된 이래 처음 일어난 일이었다.

모든 일이 끝나자 돼지와 개를 제외한 나머지 동물들은 모두 한 무리가 되어 슬금슬금 빠져나갔다. 그들은 충격을 받아 침통해 있었다. 스노볼과 공모한 동물들의 배신과 지금 목격한 잔인한 복수 중 어느 쪽이 더 큰 충격인지 그들은 알지 못했다. 전에도 이와 비슷한 유혈 사건을 가끔 본 적이 있었지만, 이번에는 같은 동지들 사이에서 일어난 일이기에 한층 더 참혹하게 느껴졌다. 존스가 농장에서 추방당한 후 오늘날까지 어떤 동물도 같은 동물을 죽인 적이 없었다. 심지어 쥐 한 마리 죽인 적이 없었다.

그들은 반쯤 완성된 풍차가 있는 언덕으로 가서, 마치 몸을 따뜻하게 하려는 것처럼 한 무리가 되어 누웠다 ― 클로버, 뮤리엘, 벤저민, 암소들, 양들 그리고 거위와 암탉들 ― 고양이를 제외하고는 모두가 모여 있었다. 고양이는 나폴레옹이 동물들에게 집합하라고 명령하기 직전에 돌연 자취를 감추었던 것이다.

한동안 아무도 입을 열지 않았다. 복서만 혼자 서 있었다. 그는 분주하게 왔다갔다하면서 길다란 검은 꼬리로 옆구리를 탁탁 치다가는 가끔 놀란 듯이 낮은 한숨을 내쉬었다. 마침내 그가 입을 열었다.

"나는 아무래도 이해할 수가 없어요. 이런 일이 우리 농장에서 일어나다니……. 도대체 믿을 수가 없어요. 아마 우리들 자신에게 어딘가 크게 잘못된 데가 있기 때문일 겁니다. 내가 보기에는 좀더 열심히 일하는 것만이 상책인 듯싶어요. 그래서 이제부터 나는 아침에 한 시간 더 일찍 일어나겠습니다."

≫ 누구든 자신의 속마음을 말하지 못하며, 사납게 으르렁거리는 개들이 사방에서 감시의 눈을 번득이고, 동물들이 충격적인 범죄를 자백한 후 갈기갈기 찢기는 참상을 목격해야 하는 그런 현실이 닥친 것이다.

말을 마친 그는 육중하고 빠른 걸음으로 채석장으로 갔다. 그리고는 돌을 두 짐 계속 모아 풍차가 있는 곳까지 끌어다 놓고는 잠자리에 들었다.

동물들은 말없이 클로버 주위에 몰여들었다. 그들이 누워 있는 언덕에서는 가까운 마을을 훤히 바라볼 수가 있었다. '동물 농장'이 바로 눈앞에 펼쳐져 있었다 ─ 큰길까지 쭉 뻗어 있는 긴 목장, 건초밭, 작은 숲, 우물, 어린 밀이 자라고 있는 밭, 굴뚝에서 연기가 뭉게뭉게 피어나는 농장 건물의 붉은 지붕들이 보였다. 맑게 갠 봄날 저녁이었다. 풀과 싹이 돋아나고 있는 생울타리는 저녁 햇살을 받아 황금빛으로 빛나고 있었다. 이제까지 이 농장이 이처럼 멋있게 보인 적은 없었다. 그리고 이것이 그들 자신의 농장이고 구석구석까지도 그들 자신의 소유라는 것을 생각하자 이루 말로 표현할 수 없는 경이감이 생겼다.

언덕의 비탈을 내려다보던 클로버의 눈에 눈물이 가득 고였다. 만일 그녀가 자기의 생각을 말할 수 있었다면, 그들이 수년 전에 인간을 전복시키는 일에 가담했을 때의 목적은 결코 이런 것이 아니었다고 말했을 것이다. 이와 같은 공포와 학살의 장면은 메이저 영감이 처음 그들에게 반란을 선동했던 그날 밤 그들이 기대했던 것이 아니었다. 클로버가 꿈꾸던 미래의 꿈은 동물들이 굶주림과 매질로부터 해방되고, 모두가 평등하며, 각자 능력껏 일하고, 마치 메이저가 연설하던 날 밤 자기가 앞다리로 어미 없는 새끼 오리들을 감싸준 것같이 강자가 약자를 보호해 주는 그런 사회였다.

그런데 왜 그와는 반대로 되었는지 알 수 없었다. 누구든 자신의 속마음을 말하지 못하며, 사납게 으르렁거리는 개들이 사방에서 감시의 눈을 번득이고, 동물들이 충격적인 범죄를 자백한 후 갈기갈기 찢기는 참상을 목격해야 하는 그런 현실이 닥친 것이다. 클로버의 마음속에는 반란이나 불복종 같은 생각은 들지 않았다. 설사 사태가 이렇게 되었을지언정 존스 시대보다는 훨씬 나았으므로 무엇보다도 인간들의 복귀는 막아야만 하는 것이다. 어떤 일이 일어나든지 간에 그녀는 충절을 지킬 것이며, 열심히 일하고, 주어진 명령을 수행하며, 나폴레옹의 지도를 받아들일 것이다.

그러나 그녀와 다른 동물들이 희망을 품고 부지런히 일한 것은 이런 일을 위해서는 아니었다. 그들이 풍차를 건설하고 존스의 총탄에 반항한 것은 결코 이렇게 되기 위해서는 아니었다. 그녀는 생각을 적절하게 표현할 수는 없었지만, 그녀의 내심은 대략 이런 것이었다.

마침내 그녀는 말로 표현할 수 없는 마음을 대신하려는 듯 '영국의 가축들' 을 부르기 시작했다. 그녀의 주위에 앉아 있던 다른 동물들도 따라 부르기 시작해서 세 번이나 반복해 불렀다 — 여태까지 불러 본 적이 없는 창법으로 슬픈 듯 아주 천천히 구성지게 불렀다.

그들이 막 세 번째 노래를 마쳤을 때, 스퀼러가 개 두 마리를 데리고 무언가 중대 발표를 하려는 듯 다가왔다. 그는 나폴레옹 동지의 특별 지시에 따라 '영국의 가축들'은 부를 수 없게 되었다고 말했다. 이제부터 이 노래를 금지한다는 것이었다. 동물들은 너무 놀라서 입을 다물 수가 없었다.

"그 이유가 뭐요?"

뮤리엘이 소리쳤다.

"동지, 그 노랜 이제 필요가 없게 되었소. '영국의 가축들'은 반란의 노래였소. 그러나 반란은 이제 끝났소. 오늘 오후의 반역자 처형으로 다 마무리되었단 말이오. 이제 농장 안팎의 적들은 모두 섬멸되었소. '영국의 가축들'에서 우리들은 보다 나은 사회에 대한 염원을 표현했었지만, 그러나 그 사회가 이제 건설되었소. 그러니 이 노래는 분명히 이제 아무런 의미가 없게 된 겁니다."

스퀼러는 딱딱하게 말했다.

그들은 매우 놀랐고, 두려운 가운데서도 몇몇 동물들은 항의를 할 듯한 태세였다. 그러나 그 순간 양들이 여느 때처럼 '네 다리는 좋고, 두 다리는 나쁘다!' 하고 몇 분간 계속 외쳐 대는 바람에 토론은 끝나고 말았다.

그래서 '영국의 가축들'은 그 후로 들을 수 없게 되었다. 그 대신 시인 미니머스가 다른 노래를 지었다. 그것은 다음과 같은 가사로 시작되었다.

동물 농장, 동물 농장,
우리가 그대들을 지켜 주리라!

일요일 아침마다 기를 게양하고 나서 이 노래를 불렀다. 그러나 동물들은 어쩐지 그 가사나 곡조가 '영국의 가축들'만큼 마음에 들지 않았다.

제 8 장

며칠 후, 처형으로 인해 조성되었던 공포 분위기가 차차 사라지자, 몇몇 동물들은 차츰 제6계명 '어떤 동물도 다른 동물을 죽여서는 안 된다' 를 기억해 냈다 — 아니, 기억이 나는 듯하다고 생각하는 동물들이 있었다. 그러나 그 누구도 돼지나 개들이 듣는 앞에서 그런 말을 입 밖에 내지 않았다. 다만 그들 생각에는 앞서 일어났던 처형 사건은 이 계명에 어긋나는 것만 같았다.

클로버도 벤저민에게 제6계명을 읽어 달라고 했지만, 벤저민은 늘 그랬던 것처럼 그런 일에 관여하고 싶지 않다고 거절했다. 그래서 클로버는 뮤리엘을 데리고 갔다. 뮤리엘이 그 계명을 읽어 주었다. 거기에는 '어떤 동물도 이유 없이 다른 동물을 죽여서는 안 된다' 라고 씌어 있었다. 어떻게 된 셈인지 '이유 없이' 라고 하는 말은 동물들의 기억에서 지워져 있었다. 이제 그들은 그 계명이 위반된 적이 없음을 깨닫게 되었다. 분명히 스노볼과 공모한 반역자들을 죽이는 데는 충분한 이유가 있기 때문이었다.

그해 내내 동물들은 지난 해보다 더욱 열심히 일했다. 전보다 두 배나 더 두꺼운 벽으로 된 풍차를 건설해서 예정된 날짜에 끝내고, 농장 일도 병행해야 한다는 것은 무척 힘이 드는 일이었다.

동물들은 존스 시대보다 더 많이 일했고, 게다가 음식은 그 당시보다 더 나아진 것이 없다고 생각될 때도 있었다.

일요일 아침이면 스퀼러는 기다란 종이 두루마리를 앞발로 들고 각종 식량 생산이 경우에 따라서 200%, 300% 혹은 500% 증가했다는 것을 증명해 주는 통계표들을 낭독했다. 동물들은 반란 전의 생활 상태가 어떠했는지를 뚜렷하게 기억하지 못하고 있었기 때문에 스퀼러의 말을 믿지 않을 수 없었다. 아무래도 좋으니까 숫자는 줄더라도 식량만 더 늘려 주었으면 좋겠다고 생각할 때도 있었다.

모든 명령은 이제 스퀼러나 다른 돼지들을 통해서 전달되었다. 나폴레옹은 2 주일에 한 번 정도, 아니면 거의 대중 앞에 모습을 나타내지 않았다. 그가 어쩌다가 나타날 때는 개와 검은 수탉이 수행원으로 따라다녔는데, 수탉은 앞에 서서 행진하면서 나팔수처럼 나폴레옹이 연설하기 전에 소리 높여 '꼬끼오' 하고 울어댔다. 나폴레옹은 농장 집에서조차 다른 동물들과는 별개의 방을 쓰고 있다는 소문이 나돌았다. 그는 개 두 마리의 시중을 받으면서 혼자 식사를 하고, 응접실의 장식장에 들어 있던 크라운 더비 제(製) 정찬용 식기로 식사를 한다는 것이었다. 매년 나폴레옹의 생일에는 다른 두 기념일과 마찬가지로 축포를 쏜다는 발표도 있었다.

나폴레옹은 이제 그냥 '나폴레옹' 이라고 불리지 않았다. 그는 언제나 공식적으로 '우리들의 영도자 나폴레옹 동지' 라고 불렸으며, 돼지들은 그에게 '모든 동물들의 아버지', '인류의 공포', '양 떼들의 수호자', '오리들의 친구' 등의 여러 명칭을 붙이기를 좋아했다.

스퀼러는 나폴레옹의 지혜와 그의 따뜻한 마음씨와 여기저기 흩어져 있는 동물들, 특히 다른 농장에서 무지와 노예에 가까운 생활을 하고 있는 불행한 동물들을 염려하는 그의 깊은 사랑에 대해 연설하면서 눈물까지 흘렸다.

모든 훌륭한 업적이나 행운은 나폴레옹의 공로로 돌려지는 것도 보통이었다. 암탉 한 마리가 다른 암탉에게 다음과 같이 말하는 것을 가끔 들을 수 있었다.

"우리의 영도자 나폴레옹 동지의 지도로 나는 엿새 동안에 알을 다섯 개나 낳았다."

또 언젠가는 암소 두 마리가 우물에서 물을 마시면서 이렇게 외쳤다.

"나폴레옹 동지의 영도력 덕분에 이렇게 시원한 물을 먹을 수가 있는 거야!"

농장의 분위기는 미니머스가 작곡한 '나폴레옹 동지'라는 시(詩)에 잘 나타나 있었다. 그 시는 다음과 같았다.

어버이 없는 자들의 친구!
행복의 샘!

여물통의 주(主)여!
그대의 조용하고 위엄에 찬
눈을 바라볼 때마다
내 영혼은 하늘의 태양처럼 불타오르니,
나폴레옹 동지여!

그대, 모든 동물들이 사랑하는
모든 것을 주시는 분이여,
하루에 두 번 배불리 먹고
깨끗한 짚더미 잠자리를 제공하시니,
크고 작은 모든 동물들은
그대의 울타리 안에서 편안히 잠자네.
그대 모든 것을 돌봐 주시네.
나폴레옹 동지여!

내가 만약 새끼돼지를 낳으면
병이나 방망이만큼
크게 자라기 전에
그대에게 충성하라고 가르칠 것이니,
그렇다, 그가 제일 먼저 외칠 소리는
'나폴레옹 동지여!'

나폴레옹은 이 시가 썩 만족스러운 듯 큰 창고의 벽, '칠계명' 맞은편 끝에 써 놓게 했다. 그 위에는 스퀼러가 흰 페인트로 그린 나폴레옹의 옆얼굴 초상화가 걸려 있었다.

한편 나폴레옹은 윔퍼를 통해서 프레드릭과 필킹턴을 상대로 복잡한 협상을 벌이고 있었다. 산더미처럼 쌓여 있는 목재는 아직도 팔리지 않았다. 두 사람 중에 프레드릭이 더 욕심을 냈지만 합당한 가격을 쳐 주려고 하지 않았다. 또한 프레드릭과 그의 일꾼들이 '동물 농장'을 습격해서 풍차를 파괴하려고 한다는 소문도 나돌기 시작했다. 풍차의 건물이 그들에게 대단한 시기심을 불러일으키고 있다는 것이었다. 스노볼은 여전히 핀치 필드 농장에 숨어 있는 것으로 알려졌다.

한여름에는 암탉 세 마리가 자진 출두해서, 스노볼의 선동으로 나폴레옹 살해 음모에 가담한 적이 있다고 자백하는 바람에 동물들은 깜짝 놀랐다. 그 암탉들은 당장에 처형되었다. 나폴레옹의 안전을 위한 새로운 대비책이 마련되었다. 네 마리의 개가 매일 밤 그의 침대 네 구석을 하나씩 맡아 지켰고, 핑크아이라고 하는 어린 돼지는 나폴레옹의 식사에 독극물이 들어 있나 없나를 확인하기 위해서 언제나 그가 먹기 전에 먼저 시식을 했다.

바로 이 무렵, 나폴레옹이 목재더미를 필킹턴 씨한테 팔기로 결정했다는 소문이 나돌았다. 또 그는 '동물 농장'과 폭스 우드 농장간에 몇몇 생산물에 대한 정기적인 계약을 하려 하고 있었다. 나폴레옹과 필킹턴 사이의 관계는 비록 윔퍼를 통해서 이루어지기는 했지만, 시간이 흐르자 아주 우호적이었다.

동물들은 필킹턴을 인간이란 이유로 신용하지는 않았지만 그들이 두려워하고 미워하는 존재인 프레드릭보다는 좋아했다. 여름이 다 가고 풍차가 거의 완성 단계에 이르자, 반역자들의 공격이 임박했다는 소문이 더욱 무성하게 나돌기 시작했다. 항간의 소문에 의하면 프레드릭은 총으로 무장한 20명의 남자들을 거느리고 올 계획이며 치안 판사들이나 경찰을 이미 매수해 놓았기 때문에, 만일 그가 '동물 농장'의 부동산 권리증서를 수중에 넣기만 하면 치안 판사나 경찰도 아무런 문제를 삼지 않을 것이라는 소문이었다.

더욱이 프레드릭이 자신의 동물들에게 가하고 있는 잔인한 행위에 대한 무시무시한 이야기가 핀치 필드에서 흘러나왔다. 프레드릭은 늙은 말을 채찍으로 때려 죽이고, 암소를 굶겨 죽였으며, 개를 시궁창에 내던져 죽였고, 밤에는 수탉의 다리에 면도날 조각을 묶은 채 닭싸움을 시켜 놓고는 그것을 즐긴다는 것이었다. 이런 만행이 그들의 동지들에게 저질러지고 있다는 이야기를 듣자, 동물들은 전신의 피가 분노로 끓어올랐고, 때로는 떼를 지어 핀치 필드 농장을 습격해서 인간들을 내쫓고 동물들을 자유롭게 해방시켜 주자고 떠들어댔다. 그러나 스퀼러는 그들에게 경솔한 행동을 피하고 나폴레옹 동지의 전략을 믿으라고 충고했다.

프레드릭에 대한 반감은 점점 고조되어 갔다. 어느 일요일 아침, 나폴레옹은 창고에 나타나서 자기는 목재더미를 프레드릭에게 매각할 생각은 한 번도 해 본 적이 없었다고 밝혔다. 그런 뻔뻔스러운 인간과 거래하는 것은 자신의 체면을 손상시키는 일로 생각하고 있다고 말했다. 그리고 그는 지금도 여전히 농장 반란의 소식을 퍼뜨리기 위해 외부로 파견되고 있는 비둘기들에게 폭스 우드 농장에 드나들지 말라는 지시를 내리는 동시에 '인간 타도'라는 이전의 표어를 '프레드릭 타도'로 바꾸라고 명령했다.

늦여름이 되자 스노볼의 또 다른 음모가 폭로되었다. 밀밭에 잡초가 무성한 것은 사실 스노볼이 밤을 틈타 들어와서 밀씨에 잡초씨를 섞어 놓았기 때문이라는 것이 밝혀졌다. 이 음모에 가담했던 수커위 한 마리가 스퀼러에게 범행을 자백하고 나서 곧 독이 있는 열매를 먹고 자살했다. 동물들은 이제야 비로소 스노볼이 '제1급 동물 영웅 훈장'을 절대로 — 실은 많은 동물들은 여태까지 그것을 받았다고 믿고 있었지만 — 받은 사실이 없다는 것을 알게 되었다. 그것은 결국 '외양간 전투' 얼마 후에 스노볼 자신이 퍼뜨린 소문에 지나지 않으며, 훈장을 받기는커녕 그는 전투에서 비겁한 짓을 했기 때문에 오히려 견책을 받았다는 것이었다. 이런 이야기를 듣고 이번에도 몇몇 동물들은 새삼 놀랐지만, 스퀄러는 동물들이 잘못 기억하고 있는 것이라고 곧 납득을 시켰다.

가을이 되자 전력을 다 해서 ― 거의 동시에 추수도 해야 했기 때문에 ― 풍차를 완공시켰다. 이제부터 기계를 설치해야 하므로 기계 구입을 위해 윔퍼가 교섭을 벌이고 있는 중이긴 하지만, 어쨌든 건물은 완성되었다. 모든 난관과 무경험과 원시적인 도구와 악운과 스노볼의 반역에도 불구하고 이 작업은 완성일에 꼭 맞추어 완성된 것이다.

동물들은 피로가 쌓인 가운데서도 자랑스러운 그들의 걸작품 주위를 맴돌았다. 그들의 눈에는 그것이 처음 지었던 것보다 훨씬 아름답게 보였다. 게다가 벽은 먼젓번 것보다 두 배나 두꺼웠다. 이번에는 폭약이 아니고서는 그 건물을 무너뜨릴 수 없으리라! 그 동안 얼마나 지독한 노력을 했고, 좌절을 이겨내고자 얼마나 애를 썼던가. 그러나 풍차 날개가 움직여 발전기가 가동되는 날에는 그들의 생활에 말할 수 없이 커다란 변화가 일어나리라. ― 그들은 이 모든 것을 생각하면 피로가 말끔히 가셨다. 그리고 승리의 환호성을 올리면서 풍차 주위를 빙빙 돌았다. 나폴레옹도 개들과 수탉들을 거느리고 완성된 공사를 시찰하러 왔다. 그는 그 업적을 이룬 동물들을

≫ 동물들은 피로가 쌓인 가운데서도 자랑스러운 그들의 걸작품 주위를 맴돌았다. 그들의
눈에는 그것이 처음 지었던 것보다 훨씬 아름답게 보였다.

치하한 뒤, 풍차를 '나폴레옹 풍차'로 명명한다고 발표했다.

이틀 후, 동물들은 특별 회의를 하기 위해 창고로 모여들었다. 나폴레옹이 목재더미를 프레드릭에게 팔았다고 발표했다. 동물들은 경악을 금치 못했다. 내일 프레드릭의 마차가 와서 그 목재들을 실어간다는 것이었다. 나폴레옹은 표면적으로는 필킹턴과 우호 관계를 유지하고 있는 동안에도 실제로는 프레드릭과 비밀리에 협정을 맺은 것이다.

폭스 우드 농장과의 모든 관계는 단절되었다. 모욕적인 메시지가 필킹턴에게 전달되었다. 이번에는 비둘기들에게 핀치필드 농장에 가까이 가지 말라는 지시가 내렸다. 그들의 표어도 '프레드릭 타도'에서 '필킹턴 타도'로 바꾸라고 명령했다. 동시에 나폴레옹은 동물들에게 '동물 농장'의 습격이 임박했다는 소문은 허위이며, 프레드릭이 자기네 동물들에게 잔인하다는 이야기도 지나치게 과장된 것이라고 확인시켜 주었다. 아마도 이와 같은 소문들은 모두 스노볼과 그의 첩자들이 만들어 냈으리라는 것이었다. 어쨌든 이제 스노볼이 핀치 필드 농장에 숨어 있지 않다는 것이 밝혀졌다. 사실 한 번도 거기에 있은 적이 없었다는 것이었다. 또한 소문에 의하면 그는 폭스 우드 농장에서 대단히 사치스러운 생활을 하고 있으며, 실제로는 지난 수년 동안 필킹턴의 식객 노릇을 해 왔다는 것이었다. 돼지들은 나폴레옹의 책략에 넋을 잃고 있었다. 나폴레옹은 필킹턴과 외면상 친근한 것처럼 보이면서 프레드릭에게 12파운드나 값을 올려 목재를 팔았다. 스퀼러는 나폴레옹의 머리가 좋다는 것은 그가 아무도, 심지어는 프레드릭조차도 믿지 않았다는 사실만 봐도 알 수 있다고 떠벌였다. 프레드릭은 목재값을 어음으로 지불하고 싶어했다. 그것은 지불 약속이 씌어진 종잇조각과도 같은 것이었다. 그러나 나폴레옹은 영리해서 그의 수단에 넘어가지 않았다. 그는 목재를 실어가기 전에 진짜 5파운드짜리 지폐로 지불해 줄 것을 요구했던 것이다. 프레드릭은 지불을 완료했다. 그 액수는 풍차에 설비할 기계를 구입하기에 충분했다.

그러는 동안 목재들은 짐마차에 실렸다. 목재들이 다 실려간 후 동물들은 프레드릭의 지폐를 점검하기 위해 창고에서 또 한 번의 특별 회합을 가졌다. 나폴레옹은 훈장 두 개를 달고 연단의 짚더미 위에 편안한 자세로 비스듬히 누워 흐뭇한 듯이 미소를 짓고 있었다. 그리고 돈은 농장 집의 부엌에서 가지고 온 사기접시 위에 쌓여 나폴레옹의 옆에 놓여 있었다. 동물들은 일렬로 서서 천천히 그 옆을 지나며 실컷 구경했다. 복서는 코를 들이대고 킁킁거리며 지폐 냄새를 맡았고, 그의 숨결에 따라 그 얇고 흰 종이들이 바삭바삭 소리를 내며 흔들렸다.

사흘 후 대소동이 일어났다. 윔퍼가 새파랗게 질린 얼굴로 자전거를 타고 샛길로 달려와서는 자전거는 마당에 내동댕이친 채 곧장 농장 집으로 뛰어들어왔다. 다음 순간, 숨이 막힐 듯한 분노의 소리가 나폴레옹 방에서 들려왔다. 이 소식은 삽시간에 농장에 퍼졌다. 목재 대금은 위조 지폐였다! 그러니까 프레드릭은 목재를 공짜로 가져간 것이다.

나폴레옹은 즉각 동물들을 소집하고서는 무서운 소리로 프레드릭에게 사형 선고를 내렸다. 프레드릭을 생포하면 산 채로 끓는 물에 집어넣겠다고 그는 외쳐댔다. 동시에 동물들에게는 이런 배신 행위 뒤에는 반드시 최악의 사태가 있을 것이라고 경고했다. 프레드릭과 그의 일꾼들이 장기간 계획했던 습격을 언제 감행할지 모를 일이었다. 농장으로 통하는 요소마다 보초가 세워졌다. 그뿐만 아니라 비둘기 네 마리가 필킹턴과의 우호 관계를 다시 희망하는 메시지를 가지고 폭스 우드 농장으로 파견되었다.

바로 그 다음날 아침에 습격이 있었다. 동물들이 아침 식사를 하고 있을 때 파수꾼들이 뛰어들어와서 프레드릭과 그의 일꾼들이 벌써 다섯 개의 빗장이 걸려 있는 문을 통과해 오고 있다고 보고했다. 동물들은 용감하게 나가서 싸웠지만 이번에는 '외양간 전투'에서처럼 그리 간단하게 승리할 수가 없었다. 적은 열다섯 명의 남자들로 반은 총을 가지고 있었는데, 50야드 가까이에서부터 발포하기 시작했다. 동물들은 무시무시한 폭음과 탄환에 대항할 수가 없었다. 나폴레옹과 복서의 독려에도 불구하고 터무니없이 쉽게 물러나고 말았다. 벌써 상당수가 부상을 당했다. 그들은 농장 건물 속으로 피신해서 벽 틈이나 옹이 구멍으로 조심스레 내다보았다. 풍차를 포함한 목장 전체가 적의 수중에 들어가 있었다. 나폴레옹조차도 속수무책인 것 같았다. 그는 말 한 마디 하지 않고 빳빳한 꼬리를 꿈틀거리면서 서성거리기만 했다. 간절한 눈길들이 폭스 우드 농장 쪽을 향했다. 만일 필킹턴과 그의 일꾼들이 그들을 도와준다면 싸움에서 승리할 수 있을 것 같았다. 바로 그때 전날 보냈던 비둘기 네 마리가 돌아왔다. 그 중 한 마리가 필킹턴이 보낸 종이쪽지를 물고 왔다. 거기에는 연필로 '꼴 좋다'라고 휘갈겨져 있었다.

한편 프레드릭과 그의 일꾼들은 풍차 옆에 빙 둘러 서 있었다. 동물들은 그들을 지켜보면서 당황하여 웅성거리기 시작했다. 두 사람이 정과 망치를 꺼냈다. 그들은 풍차를 부수려고 했다.

이때 나폴레옹이 큰소리로 외쳤다.

"그건 불가능해. 벽이 두꺼워서 그 정도로는 꿈쩍도 하지 않을 걸. 일 주일이 걸려도 부수지 못할 거다. 동지 여러분, 용기를 냅시다!"

그러나 벤저민만은 사람들의 행동을 꼼짝 않고 지켜보고

있었다. 망치와 정을 든 남자 둘이 풍차 밑에 구멍을 뚫고 있었다. 벤저민은 천천히, 무척 재미있다는 듯이 그 긴 코를 벌름거리면서 말했다.

"그럴 줄 알았지. 무엇을 하려고 하는지 모르겠습니까? 조금 있으면 저 구멍에 폭약을 넣을 겁니다."

동물들은 겁에 질린 채 지켜보고만 있었다. 이제 건물 밖으로 뛰쳐나간다는 것은 불가능했다. 몇 분이 지나자 사람들이 사방으로 흩어져 뛰어가는 모습이 보였다. 곧이어 귀청이 터질 듯한 폭음이 들렸다. 비둘기들은 하늘로 훌쩍 날아가 버렸고, 나폴레옹을 제외한 모든 동물들은 배를 땅바닥에 납작하게 깔고 얼굴을 파묻었다. 그들이 다시 일어났을 때는 풍차가 있던 그 자리에서 검은 연기가 뭉게뭉게 일고 있었다. 미풍이 서서히 그 연기를 거두어 갔다. 풍차는 간 곳이 없었다.

이 광경을 보자 동물들은 속에서 알 수 없는 힘이 치솟는 것을 느꼈다. 조금 전까지 그들이 느끼고 있던 공포와 절망감은 이 비열하고 치사한 행위에 대한 분노 앞에서 사그라졌다. 힘찬 복수의 함성을 외치며 명령이 떨어지기도 전에 그들은 한 덩어리가 되어 적을 향해 돌진했다.

빗발치듯이 머리 위를 지나가는 무자비한 탄환 따위에도 아랑곳하지 않았다. 무자비하고 격렬한 전투가 벌어졌다. 사람들은 계속 총을 쏘아댔고, 동물들이 가까이 접근하면 몽둥이로 때리거나 무거운 구둣발로 사정없이 걷어찼다. 암소 한 마리와 양 세 마리, 거위 두 마리가 죽고 거의 모두가 부상을 입었다. 후방에서 작전을 지휘하던 나폴레옹도 총탄에 꼬리 끝이 잘려 나갔다.

사람들 또한 부상을 당하기는 마찬가지였다. 세 사람은 복서의 발굽에 얻어맞아 머리가 깨지고, 또 한 사람은 암소 뿔에 배를 받혔으며, 또 한 사람은 제시와 블루벨에게 바지를 갈갈이 찢겼다. 이윽고 생울타리 그늘로 숨어들어가 후방에서 공격을 하라는 나폴레옹의 지시를 받은 그의 호위병 개 아홉 마리가 느닷없이 사람들 앞에 나타나 무섭게 짖어댔다. 사람들은 공포에 사로잡혀 포위당할 위험성이 있다고 판단하는 듯했다. 프레드릭은 그의 일꾼들에게 길이 틔어 있을 때 퇴각하라고 소리쳤다. 그러자 겁많은 적들은 죽을 힘을 다해 도망쳤다. 동물들은 들판 끝까지 쫓아가서, 사람들이 가시나무 울타리를 비집고 나갈 때 마지막 공격을 퍼부었다.

동물들은 승리했다. 그러나 지쳐 있었고, 피를 흘리고 있었다. 그들은 다리를 질질 끌며 농장으로 돌아가기 시작했다. 전사한 동지들의 시체가 풀밭에 쓰러져 있는 광경을 보고 몇몇은 눈물을 흘리기도 했다. 그 다음 그들은 풍차가 있던 자리에 와서 얼마 동안 멈추어 침묵에 잠겼다. 그렇다. 풍차는 없어지고 말았다. 노고의 마지막 흔적조차도 거의 다 사라져

≫ 그들이 다시 일어났을 때는 풍차가 있던 그 자리에서 검은 연기가 뭉게뭉게 일고 있었다. 미풍이 서서히 그 연기를 거두어 갔다. 풍차는 간 곳이 없었다.

버렸다. 받침대까지도 군데군데 부서져 있었다. 다시 그걸 세운다 하더라도 이번에는 전번처럼 흩어진 돌들을 이용할 수 없었다. 돌까지 없어진 것이다. 폭발하는 힘 때문에 돌들은 수백 야드 밖으로 날아가 버렸다. 풍차는 처음부터 그 자리에 없었던 것처럼 보였다.

그들이 농장 근처까지 왔을 때 전투중에 모습조차 볼 수 없었던 스퀼러가 꼬리를 흔들면서 만족한 듯이 싱글벙글 웃으며 달려왔다. 동물들은 건물 쪽에서 탕 하고 울리는 총 소리를 들었다.

"무엇 때문에 총을 쏘는 거요?"

복서가 물었다.

"우리들의 승리를 축하하기 위해서죠!"

스퀼러가 외쳤다.

"무슨 승리요?"

복서가 물었다.

그의 무릎에서는 피가 흐르고 있었다. 그는 편자 하나를 잃었고, 발굽은 찢어졌으며, 뒷다리에는 총알이 열두 개나 박혀 있었다.

"동지, 무슨 승리라뇨? 우리는 우리의 땅 — 신성한 '동물 농장'의 땅 — 에서 적들을 몰아내지 않았소?"

"그렇지만 그들은 풍차를 파괴해 버렸어요. 우리들이 2년 동안이나 걸려서 일해 온 걸 말입니다!"

"그게 무슨 상관입니까? 풍차는 또 세울 수 있습니다. 마음만 먹으면 여섯 개라도 세울 수 있습니다. 동지, 동지는 우리들이 이룩한 훌륭한 업적을 평가할 줄 모르는구려. 적들은 우리가 지금 서 있는 바로 이 땅을 공격했습니다. 그런데 지금 — 나폴레옹 동지의 영도력 덕분에 우리들은 이 땅을 한 치도 빼앗기지 않고 되찾았단 말입니다!"

"우리들이 전에 가지고 있던 것을 도로 찾은 것뿐이지요."

복서가 말했다.

"그게 우리들의 승리란 말입니다."

스퀼러가 말했다.

그들은 다리를 질질 끌면서 마당으로 들어섰다. 복서는 살속에 박힌 총알 때문에 다리가 무척 쑤시고 아팠다. 그는 풍차의 재건축을 위하여 앞으로 치러야 할 중노동을 상상하며 벌써부터 자신에게 용기를 불어넣고 있었다. 그러나 이때 비로소 그는 자기가 열한 살이라는 것을 새삼 느꼈고, 자신의 기운도 옛날과는 전혀 다르리라는 생각이 들었다. 그러나 동물들은 초록색 깃발이 펄럭이고, 예포가 또다시 울리는 소리를 듣고 — 그것은 모두 일곱 발이었다 — 게다가 나폴레옹이 그들의 용감한 행위를 치하해 주는 연설을 듣자 결국 자기들이 위대한 승리를 거둔 것 같은 생각이 들었다. 전투에서 죽은 동물들에 대한 장례식이 엄숙하게 치러졌다. 복서와 클로버는 영구차가 된 짐마차를 끌었고, 나폴레옹 자신은 행렬 선두에 서서 걸었다.

축하 행사로 꼬박 이틀을 보냈다. 노래와 연설이 있었고, 많은 축포를 쏘아 올렸으며, 동물에게는 사과 한 개씩이, 새에게는 2온스의 옥수수가, 개에게는 세 개의 비스킷이 특별 선물로 주어졌다. 이번 전투는 '풍차 전투'라고 명명되었고, 나폴레옹은 '녹색 기[綠旗] 훈장'을 새로 창설하고는 그것을 자기 자신에게 수여했다. 이렇듯 떠들썩한 분위기 속에서 불행한 지폐 사건은 잊혀져 갔다.

그런 일이 있은 지 2~3일 후 돼지들은 농장 집 지하실에서 위스키 한 상자를 우연히 발견했다. 이 집을 처음 점거했을 때는 발견하지 못한 것이었다.

그날 밤 농장 집에서 커다란 노랫소리가 들려왔는데, 모두가 놀란 것은 그 중에 '영국의 가축들'이 섞여 있다는 것이었다. 9시 반경에는 나폴레옹이 존스 씨의 낡은 모자를 쓰고 뒷문에서 나와 마당을 빙글빙글 돌다가는 다시 집안으로 사라지는 것이 똑똑히 보였다. 그러나 아침이 되자 농장 집에는 온통 침묵만 흘렀다. 돼지들은 꼼짝하지 않았다. 아침 9시가 가까워지자 스퀼러가 나타났다. 그는 동물들을 소집해 놓고 중대한 뉴스를 발표하겠다고 말했다. 나폴레옹 동지가 위독하다는 것이었다.

모두들 비탄의 소리를 질렀다. 동물들은 농장 집 문 밖에 짚을 깔아놓고 소리나지 않게 살금살금 걸어다녔다. 그들은 눈물을 글썽거리며 자기들의 영도자가 죽으면 자기들은 어떻게 될 것인지 서로 물어보기도 했다.

마침내 스노볼이 나폴레옹의 음식에 독약을 넣었다는 소문이 돌았다. 스퀼러는 11시에 또 하나의 발표를 하기 위해서 나왔다. 나폴레옹 동지는 이 세상에서의 마지막 조처로, 술을 마시는 자는 사형에 처한다는 엄한 포고를 내렸다는 것이었다.

그러나 저녁때가 되자, 나폴레옹은 조금 나아진 것같이 보였고, 다음날 아침에는 스퀼러가 동물들에게 그가 거의 회복단계에 있다고 전했다. 그날 저녁때가 되자 나폴레옹은 다시 집무를 시작했다. 그 다음날 그는 윔퍼에게 윌링던에서 양조와 증류에 관한 도서를 몇 권 구입해 오라고 지시했다는 것이 알려졌다.

일 주일 후, 나폴레옹은 과수원 끝의 작은 울타리 목장을 갈도록 명령했다. 이 땅은 일을 할 수 없게 된 동물들을 위한 방목장으로 남겨두기로 한 땅이었다. 표면적 이유는 목장에 풀이 나지 않아서 씨앗을 새로 뿌린다고 발표되었고, 곧 나폴레옹은 이곳에 보리씨를 뿌릴 계획이라는 사실이 밝혀졌다.

≫ 스퀼러가 기절해서 그 옆에 쭉 뻗어 있었는데, 주위에는 램프와 페인트 붓, 뒤엎어진 페인트 통이 흩어져 있었다.

이 무렵 누구도 이해할 수 없는 이상한 사건이 일어났다. 어느 날 밤, 열두 시경에 마당에서 벼락치듯 우당탕탕 하는 소리가 들렸다. 동물들은 우리 밖으로 뛰어나왔다. 달 밝은 밤이었다. 칠계명이 씌어져 있는 큰 창고끝의 벽 밑에 두 동강이가 난 사다리가 쓰러져 있었다. 스퀼러가 기절해서 그 옆에 쭉 뻗어 있었는데, 주위에는 램프와 페인트 붓, 뒤엎어진 페인트 통이 흩어져 있었다.

개들이 곧 스퀼러의 주위를 둘러쌌고, 그가 걸을 수 있게 되자 그를 호위해서 농장 집까지 데리고 갔다. 동물들은 어찌 된 영문인지 전혀 알지 못했다. 오로지 벤저민 영감만이 모든 것을 알고 있다는 듯이 코를 벌름거렸지만 아무 말도 입 밖에 내려고 하지 않았다.

며칠 후, 혼자서 칠계명을 읽고 있던 뮤리엘은 동물들이 잘못 기억하고 있는 계명이 또 하나 있다는 것을 알게 되었다. 동물들은 제5계명이 '어떤 동물도 술을 마셔서는 안 된다' 는 것으로 생각하고 있었는데, 알고 보니 그들은 두 개의 단어를 잊어버리고 있기 때문이었다. 실제로 거기 적혀 있는 계명은 '어떤 동물도 너무 많이 술을 마셔서는 안 된다' 라는 것이었다.

제 9 장

복서의 발굽이 아무는 데는 오랜 시간이 걸렸다.

동물들은 승리의 축하연을 끝마친 그 다음날부터 다시 풍차를 건설하는 일에 착수했다. 복서는 단 하루도 쉬지 않고 일했다. 그는 자신의 고통을 밖으로 드러내지 않는 것을 명예로 알았다. 저녁때 클로버에게만 발굽의 고통을 남몰래 호소할 뿐이었다. 클로버는 잡초를 씹어서 만든 약초를 발굽에 붙여 주었다. 그녀와 벤저민은 복서에게 너무 일을 무리하게 하지 말라고 충고했다.

"말의 허파라고 해서 영원히 버틸 수 있는 건 아니에요."

그녀는 그에게 말했다. 그러나 복서는 그 말을 들으려고 하지 않았다. 그는 자기에게 남은 단 한 가지의 진정한 야심이란 자기가 정년 퇴직하기 전에 풍차가 완성되어 잘 돌아가는 것을 보는 것이라고 말했다.

처음에 '동물 농장'의 법률이 제정되었을 때의 정년은 말과 돼지는 열두 살, 암소는 열네 살, 개는 아홉 살, 양은 일곱 살, 암탉과 거위는 다섯 살로 정해졌었다. 풍족한 노후 연금(老後年金)도 책정되어 있었다. 그러나 이제까지 실제로 은퇴를 해서 연금을 받고 있는 동물은 아무도 없었다. 하지만 최근에 이 문제가 점차 거론되기 시작했다. 과수원 너머에 있는 조그만 밭이 보리밭으로 바뀌었으므로 큰 목장의 한구석을 울타리로 막아서 정년 퇴직하는 동물들을 위한 목초지를 만들 것이라는 소문이 나돌았다. 말에게는 연금으로 하루에 옥수수 5파운드, 겨울에는 건초 15파운드 그리고 공휴일에는 당근 한 개 또는 사과 한 개가 지급되리라는 이야기였다. 복서의 열두 번째 생일은 다음 해 늦여름이었다.

그동안의 생활은 대단히 고생스러웠다. 겨울도 지난 해만큼 추웠고, 식량은 더욱 부족했다. 또 한번 돼지와 개의 배급량을 제외한 모든 동물의 배급량이 줄어들었다. 너무 엄격한 식량 배급의 평등화는 동물주의의 원칙에 위반되는 것이라고 스퀼러가 설명했다. 겉으로야 어떻게 보이든 간에 실제로 식량이 부족하지 않다는 것을 스퀼러는 다른 동물들에게 어렵지 않게 증명해 보였다. 얼마 동안은 식량 배급의 재조정이 확실히 필요하지만(스퀼러는 언제나 '재조정'이라고 말했으며, '감소'라는 단어는 결코 사용하지 않았다), 존스 시대와 비교하면 그 개선된 정도는 굉장하다는 것이었다. 그는 목소리를 높여 재빠르게 숫자를 읽었다. 존스 시대와 비교해서 보다 많은 귀리와 건초와 순무를 먹게 되었으며, 일하는 시간은 줄어들었고, 음료수의 질이 더욱 좋아졌으며, 수명이 길어졌고, 자식들이 어릴 때 죽는 확률도 적어졌으며, 우리 속에는 짚더미가 많아졌고, 벼룩이 많이 줄어 덜 물게 되었다는 것을 동물들에게 상세히 설명해 주었다. 동물들은 그 말을 하나에서 열까지 철저하게 믿었다. 사실대로 말하면 존스와 그에 관련된 모든 것이 전부 그들의 기억에서 사라져 버렸던 것이다. 그들은 현재의 생활이 가혹하고 살벌하며, 때로는 굶주림과 추위를 느끼기도 하고, 잠을 자는 시간을 빼고는 늘 일을 해야 한다는 것을 알고 있었다. 그러나 옛날에는 더욱 가혹했었다는 것은 의심할 여지가 없었다. 그들은 기꺼이 그렇게 믿고 있었다. 게다가 그때는 노예였지만 지금은 자유의 몸이었다. 바로 이것이 스퀼러가 늘 지적하는 큰 차이점이었다.

이제는 먹여 살려야 할 식구가 많이 늘어났다. 가을이 되자 암돼지 네 마리가 거의 동시에 새끼를 낳았다. 모두 합해서 서른한 마리였다. 그 돼지들은 점박이였고, 나폴레옹은 이 농장에서 유일한 수돼지였으므로 그들의 혈통을 추정하는 것은 간단했다. 그리고 나서 벽돌과 재목이 구입되었고, 곧 농장 집 정원에 교실을 세울 것이라는 발표가 있었다. 얼마 동안 나폴레옹 자신이 농장 집 부엌에서 새끼돼지들을 교육시켰다. 그들은 정원에서 운동을 했다. 그리고 다른 새끼 동물들과 함께 놀지 말도록 주의를 받았다. 이때부터 돼지와 다른 동물들은 길에서 마주치면 다른 동물이 길을 비켜 주어야 한다는 규칙이 생겼고, 또 모든 돼지들은 계급을 막론하고 일요일에는 꼬리에 녹색 리본을 매는 특권을 갖는다는 규칙도 제정되었다.

농장은 꽤 성공적으로 운영되었으나 아직도 자금난에 허덕이고 있었다. 교실을 세우기 위해 벽돌과 모래와 석회를 사들여야 했고, 또 풍차 기계를 구입하기 위해 돈을 비축해 두어야만 했다. 그리고 농장 집에서 쓸 기름이나 초, 나폴레옹 자신의 식탁에 놓을 설탕(그는 다른 돼지들에게는 설탕을 먹으면 뚱뚱해진다는 이유로 설탕을 금지했다)이 있어야 했으며, 거기에다 연장, 못, 끈, 석탄, 철사, 고철, 개먹이 비스킷 등의 일상적인 것들도 보충해야 했다. 건초더미와 수확한 감자 일부가 팔렸다. 계란의 출하 계약은 일 주일에 6백 개로 늘어났다. 그때문에 이 한 해 동안 암탉은 지난해와 같은 수를 겨우 유지할 정도로만 병아리를 깔 수 있었다.

12월에 삭감된 식량 배급량은 2월이 되자 다시 삭감되었고, 우리 속의 램프도 기름을 절약하기 위해 불을 켜지 못하게 했다. 그러나 돼지들은 무척 편안한 생활을 하는 것 같았으며, 사실 체중도 늘어나고 있었다.

2월 하순 어느 날 오후, 동물들이 여태까지 한번도 맡아보지 못했던, 식욕을 돋우는 구수한 냄새가 조그마한 양조장에서 마당을 거쳐 흘러나왔다. 이 양조장은 존스 시대에는 사용되지 않던 곳으로 부엌 앞쪽에 있었다. 누군가가 그것이 보리를 삶는 냄새라고 말했다. 동물들은 허기진 듯이 킁킁거리며 냄새를 맡고는 혹시 저녁 식사로 구수한 여물을 준비하고 있는 것이 아닌가 하고 생각했다. 그러나 저녁 식사 때 구수한 여물 같은 것이라고는 찾아볼 수 없었다.

그리고 그 다음 일요일에는 앞으로 보리는 모두 돼지들을 위해서 저장될 것이라고 발표되었다. 과수원 앞의 들판에는 벌써 보리씨가 뿌려져 있었다. 그리고 곧 돼지들은 매일 세 홉의 맥주를 배급받고, 나폴레옹 자신에게는 반 갤런이 할당되었다. 더구나 만찬 때에나 쓰이는 더비 사기그릇이 사용된다는 소문이 나돌았다.

여러 가지 감수해야 할 어려운 일들이 있었지만, 그것들은 요즈음의 생활이 이전보다 훨씬 품위가 있는 생활이라는 사실로 다소 보상은 받은 셈이었다. 이전보다 노래도 더 많이 불렀고, 연설도 많았으며, 행진 횟수도 더 많아졌다.

나폴레옹은 일 주일에 한 번씩 '자발적 시위 행진'이라는 행사를 열게끔 명령했다. 이 목적은 '동물 농장'의 투쟁과 승리를 축하하는 데 있었다. 지정된 시간이 되면 동물들은 작업을 중단하고 돼지를 선두로 해서 말, 소, 양 그리고 닭의 순서로 군대식 대열로 농장의 구내를 행진하면서 돌았다. 개들은 이 대열의 측면에 나란히 섰고, 대열의 가장 선두에는 나폴레옹의 검은 수탉이 섰다. 복서와 클로버는 언제나 중간에서 발굽과 뿔의 그림이 들어 있는 '나폴레옹 동지 만세!'라고 씌어진 초록색 깃발을 들고 갔다.

그 후 나폴레옹을 찬양하는 시 낭독이 있었고, 최근의 식량 증산에 관한 스퀄러의 상세한 보고와 연설이 있었으며, 때로

는 총으로 예포를 쏘기도 했다.

양들은 자발적 시위의 가장 열성적인 지지자들이어서, 만일 누군가가(사실 돼지와 개가 주위에 없을 때는 불만을 터뜨리는 자도 더러 있었다) 이런 일은 시간 낭비고, 공연히 추운 데서 오래 서 있게 한다며 불만을 터뜨리면 어김없이 큰소리로 '네 다리는 좋고, 두 다리는 나쁘다!'라고 외치면서 입을 다물게 했다. 그러나 거의 대부분 동물들은 이 축제를 즐겼다. 어쨌든 자기들은 사실상 주인이며, 자기들이 하는 일이 모두 오로지 자신들의 이익을 위한 것이라는 것을 생각하면 새삼 즐거워졌다. 그래서 노래라든지 행진이라든지 스퀼러의 통계표라든지 우렁찬 예포 소리라든지 젊은 수탉의 울음소리라든지 펄럭이는 깃발 소리 등으로 자기들의 배고픔을 적어도 잠시나마 잊어버릴 수가 있었다.

4월에 '동물 농장'은 '공화국'으로 선포되었다. 따라서 대통령을 선출할 필요성이 생겼다. 후보자는 나폴레옹 단 한 명뿐이었으므로 그는 만장일치로 선출되었다. 바로 그날 스노볼과 존스의 공모를 알려 주는 더욱 상세한 새 문서가 발견되었다. 스노볼은 동물들이 전에 생각했던 것처럼 책략을 써서 '외양간 전투'에서 패배하도록 시도했을 뿐만 아니라 공공연하게 존스의 편을 들어 싸웠다는 사실이 이제 명백해졌다. 사실 그는 인간 군대의 지휘자가 되어 '인간 만세!'를 외치며 전투에 뛰어들었다는 것이었다. 몇몇 동물들이 지금도 뚜렷하게 기억하고 있는 스노볼의 뒷잔등 상처도 실은 나폴레옹의 이빨에 물린 자국이었다는 것이다.

여러 해 동안 자취를 감추었던 까마귀 모제스가 어느 한여름에 갑자기 농장에 나타났다. 그는 조금도 변한 것이 없었다. 여전히 일도 하지 않으면서 옛날처럼 얼음 사탕 산에 대해서 지껄였다. 그는 나무 그루터기에 앉아 검은 날개를 퍼덕이면서 누가 듣고 있는가 싶으면 몇 시간이고 이야기를 늘어놓았다. 커다란 부리로 하늘을 가리키며 엄숙하게 말했다.

"동지 여러분! 저쪽, 검은 구름 저쪽에는 얼음 사탕 산이 있습니다. 우리 불쌍한 동물들이 노동에서 해방되어 영원히 안식하게 될 행복의 나라가 있습니다!"

그는 언젠가 하늘 높이 날았을 때 실제로 그 나라에 갔었는데, 그곳에서 언제나 토끼풀이 돋아 있는 들과 박하 과자와 각설탕이 자라고 있는 생울타리를 보았다고 했다. 많은 동물들은 그의 말을 믿었다. 그들의 현재 생활은 굶주림과 과로의 연속이었다. 더 좋은 세상이 어딘가에 있다고 믿는 것이 어째서 잘못되고 옳지 못한 생각이란 말인가? 아무래도 이해할 수 없는 일은 모제스에 대한 돼지들의 태도였다. 돼지들은 얼음 사탕 산에 대한 모제스의 이야기는 거짓말이라고 몰아붙이고 경멸하면서도 그가 농장에서 아무 일도 하지 않는데도 하루에 한 홉의 맥주를 배급받으며 살도록 허용하고 있었다.

복서는 발굽이 나아지자 전보다 더 열심히 일을 했다. 사실 모든 동물들은 그 해 내내 노예처럼 열심히 일했다. 농장의 정규적인 작업과 풍차 재건 외에도 3월부터 시작된 새끼돼지의 교실을 짓는 작업이 진행되고 있었다. 제대로 먹지도 못하면서 오랜 시간 동안 일을 한다는 것은 때로는 견딜 수 없는 일이었지만, 복서는 결코 굽히지 않았다. 그의 말과 행동을 보면 조금도 지쳐 있는 것 같지가 않았다. 조금 달라진 것이 있다면 그의 겉모습뿐이었다. 그의 피부는 전처럼 윤기가 흐르지 않았고, 거대한 궁둥이가 약간 줄어든 것 같았다. 다른 동물들은 '봄에 햇풀이 자라면 복서도 다시 살찌게 되겠지' 하고 말했다. 그러나 봄이 왔는데도 복서는 살이 찌지 않았다. 때때로 그가 채석장 꼭대기로 올라가는 비탈길에서 커다란 둥근 돌의 무게를 근육으로 지탱하고 있을 때면 그의 다리는 오로지 인내의 힘으로만 버티는 것 같았다. 이때의 그의 입술은 '더 열심히 일하자'고 말하는 것처럼 움직였으나 소리는 들리지 않았다. 클로버와 벤저민은 또다시 복서에게 몸조심하라고 충고를 했지만 그는 말을 듣지 않았다. 그의 열두 번째 생일이 다가오고 있었으므로 그에게는 연금을 받기 전에 돌을 충분히 모아 놓아야 한다는 일념밖에 없었다.

여름철 어느 날 저녁 늦게 갑자기 복서에게 무슨 일이 생겼다는 소문이 농장 전체에 퍼졌다. 그가 혼자서 돌무더기를 풍차 있는 데로 끌어가기 위해 나간 뒤였다. 그 소문은 사실로 나타났다. 몇 분 후 비둘기 두 마리가 날아와서 소식을 전했다.

"복서가 쓰러졌어요! 쓰러져 일어나지 못하고 있어요!"

농장에 있던 동물들 절반이 풍차가 있는 언덕으로 뛰어갔다. 복서는 마차의 굴대 사이에 끼어 머리를 쳐들지도 못하고 목을 길게 빼고 누워 있었다. 그의 눈은 흐릿했고, 옆구리는 땀으로 범벅이 되어 있었다. 입에서는 약간의 피가 흘러나왔다. 클로버가 그의 옆에 무릎을 꿇었다.

"복서, 어떻게 된 일이에요?"

그녀가 외쳤다.

"폐를 다쳤어요. 하지만 괜찮아요. 내가 없어도 여러분들은 풍차를 완성할 수 있을 거예요. 돌을 꽤 많이 모아 놓았으니까. 어차피 나에게는 한 달밖에 퇴직 날짜가 남지 않았고, 실은 그날을 마음속으로 기다리고 있었거든요. 아마 벤저민도 이제는 늙었으니까 함께 은퇴하도록 해서 내 말동무가 되도록 해 주겠지요?"

복서는 간신히 입을 열었다.

"빨리 도와 주세요. 누구든지 달려가서 이 사건을 스퀼러에게 전해 주세요."

클로버가 외쳤다.

다른 동물들은 이 소식을 스퀼러에게 전하러 농장 집으로 달려갔다. 클로버와 벤저민만이 남아 있었다. 벤저민은 복서 옆에 앉아서 아무 말 없이 긴 꼬리로 파리만 쫓고 있었다. 15분쯤 지나자 스퀼러가 동정과 걱정이 가득 찬 표정으로 나타났다. 나폴레옹 동지가 농장에서 가장 충실한 일꾼에게 이러한 불행이 일어난 것을 알고 심히 유감의 뜻을 표시했고, 이미 복서를 윌링던의 병원에 보내 치료를 받도록 만반의 준비를 하고 있는 중이라고 스퀼러가 전했다.

동물들은 이 이야기를 듣고 조금 불안해지기 시작했다. 몰리와 스노볼을 제외하고는 이 농장을 떠난 동물은 하나도 없었다. 게다가 그들은 병든 자기들의 동지를 인간의 손에 맡긴다는 것을 생각하니 기분이 언짢았다. 그러나 스퀼러는 윌링던의 수의사가 이 농장에서 하는 것보다 훨씬 잘 복서를 치료해 줄 것이라고 간단하게 동물들을 납득시켰다. 그리고 30분 정도 지나자 복서는 조금 회복이 되어 간신히 우리까지 걸어갈 수 있었다. 클로버와 벤저민은 복서에게 편안한 침대를 마련해 주었다.

그 후 이틀 동안 복서는 꼼짝도 하지 못한 채 우리 속에 틀어박혀 있었다. 돼지들은 욕실 약상자 안에서 찾아낸 커다란 분홍색 병을 꺼내 주었다. 클로버는 하루에 두 번씩 식후마다 복서에게 약을 먹였다. 밤이 되면 클로버는 그의 우리로 건너와서 이야기를 나누었고, 벤저민은 파리를 쫓아 주었다.

복서는 이렇게 된 것에 대해 슬퍼하지 않는다고 했다. 완쾌만 된다면 앞으로 3년은 더 살 수 있을 것이고, 그렇게 되면 저 커다란 목장 한구석에서 평화스러운 나날을 보내게 될 것이라고 말했다. 처음으로 그에게 공부를 하고 마음의 수양을 쌓을 수 있는 시간적 여유가 생길 것이므로, 그는 여생을 아직 다 외우지 못한 알파벳의 남은 스물두 글자를 암기하는 데 보낼 작정이라고 말했다. 그러나 벤저민과 클로버가 복서와 함께 있을 수 있는 시간은 단지 작업이 끝난 후 뿐이었다.

그를 데리고 갈 짐마차가 온 것은 한낮이었다. 그때 동물들은 돼지의 감독 아래 순무 밭의 잡초를 뽑고 있다가 갑자기 벤저민이 농장 건물 쪽에서 소리를 있는 대로 지르면서 뛰어오는 것을 보고 모두 깜짝 놀랐다. 벤저민이 흥분하는 것을 본 것은 이번이 처음이었다.

"빨리, 빨리, 빨리요! 복서를 데려가려고 한단 말입니다!"

그는 외쳤다.

동물들은 감독하는 돼지의 명령도 아랑곳하지 않고 작업을 걷어치운 채 농장 건물로 뛰어갔다. 과연 마당 한가운데에 두 마리의 말이 끄는 커다란 짐마차가 있었고, 그 측면에는 무슨 글자가 씌어 있었으며, 마부석에는 낮은 중산모를 쓴 교활한 표정의 남자가 앉아 있었다. 복서의 우리는 텅 비어 있었다.

동물들은 짐마차 주위를 둘러쌌다.

"복서, 잘 가요! 잘 가요!"

그들은 일제히 소리쳤다.

벤저민은 그들 주변을 뛰어다니며 조그마한 발굽으로 땅바닥을 동동 구르면서 외쳤다.

"바보들, 바보들 같으니라구! 이 바보들! 저 짐마차 옆에 뭐라고 씌어 있는지 보이지 않는단 말이오?"

그러자 동물들은 소리를 멈추고 조용해졌다. 뮤리엘이 글자를 더듬더듬 읽기 시작했다. 그러자 벤저민이 그녀를 밀어젖히고 죽은 듯이 고요한 가운데 글자를 또박또박 읽었다.

"'알프레드 시몬즈, 폐마 도살 및 아교 제조업, 윌링던, 피혁 및 골분 취급, 사료 공급' 저것이 무얼 뜻하는지 모르겠소? 저들은 복서를 폐마 도살장으로 데리고 가려 한단 말이오!"

동물들 사이에서 공포의 비명 소리가 터져나왔다. 바로 이때 마부석에 앉아 있던 남자가 말에 채찍질을 했다. 그러자 짐마차는 경쾌한 속력으로 마당에서 빠져나갔다.

동물들은 일제히 소리를 지르며 뒤를 쫓았다. 클로버가 맨 앞으로 헤치고 나왔다. 짐마차는 속력을 내기 시작했다. 클로버는 굵은 네 다리로 힘껏 달리려고 안간힘을 썼지만 뜻대

≫ "복서! 복서! 뛰어내려요! 빨리요! 저들이 당신을 데리고 가 죽이려 하고 있어요!"

로 되지 않았다.

"복서! 복서! 복서! 복서!"

그녀는 외쳤다.

그런데 마침 이때 바깥의 소동을 들었는지 콧잔등에 흰 줄 무늬가 그려진 복서의 얼굴이 짐마차 뒷문의 작은 창에 나타 났다.

"복서! 복서! 뛰어내려요! 빨리요! 저들이 당신을 데리고 가 죽이려 하고 있어요!"

클로버는 공포에 젖은 목소리로 외쳤다.

"복서, 뛰어내려요! 뛰어내려요!"

동물들은 모두 합창을 했다.

그러나 짐마차는 이미 속력을 내어 그들을 멀리 떼어 놓고 사라지기 시작했다. 복서가 클로버의 말을 알아들었는지 못 알아들었는지 알 수 없었다. 하지만 잠시 후에 그의 얼굴은 창문에서 보이지 않았고, 대신 짐마차 안에서 쿵쿵거리는 발 굽 소리가 들려왔다. 그는 짐마차를 발길로 차 부수고 나오려 고 했던 것이다. 옛날 같으면 복서가 발굽으로 두서너 번 발 길질을 하면 그런 짐마차쯤은 성냥개비처럼 산산조각이 나고 말았을 것이다. 그러나 슬프게도 그에게는 이제 힘이 없었다. 잠깐 동안 쿵쿵거리던 발굽 소리는 점점 희미해지더니 마침 내 들리지 않게 되었다. 동물들은 필사적으로 짐마차를 끌고 가는 두 마리의 말들에게 멈춰 달라고 호소하기 시작했다.

"동지들, 동지들! 당신들 형제를 도살장으로 끌고 가지 말아요!"

그들은 외쳤다. 그러나 바보 같은 이 짐승들은 너무나 무지해서 사태를 깨닫지 못하고 귀를 뒤로 젖힌 채 걸음을 재촉했다.

복서의 얼굴은 두 번 다시 창문에 나타나지 않았다. 누군가가 먼저 달려가서 다섯 개의 가로대가 붙어 있는 문을 닫으려 했지만 소용없었다. 짐마차는 곧 그곳을 빠져나가 재빨리 길 쪽으로 자취를 감춰 버렸다. 그것이 복서의 마지막 모습이었다.

사흘 후에 복서는 윌링던의 병원에서 온갖 치료를 다 받아보았지만 효력을 거두지 못하고 죽었다고 발표되었다. 스퀄러가 동물들에게 이 슬픈 소식을 전하려고 왔다. 그는 복서의 마지막 몇 시간을 지켜보았다고 했다. 그리고 그는 앞다리를 쳐들어서 눈물을 닦으며 말했다.

"그건 내 생전에 처음 본 눈물겨운 장면이었습니다! 나는 그가 임종하는 최후의 순간까지 그의 침대 곁을 떠나지 않았습니다. 그리고 복서는 마지막에 말도 못할 정도로 힘이 다 빠진 채 내 귀에 대고 풍차가 완성되는 것을 보지 못하고 눈을 감는 것이 가슴 아프다고 속삭였습니다. '동지 여러분, 전진합시다! 반란을 잊지 말고 전진합시다. 동물 농장 만세! 나폴레옹 동지 만세! 나폴레옹 동지는 항상 옳습니다.' 동지 여러분! 이것이 그의 마지막 말이었습니다."

여기서 스퀼러의 태도가 갑자기 변했다. 그는 잠시 침묵을 지키더니 말을 계속하기 전에 조그마한 눈으로 이리저리 괴상하고 야릇한 시선을 던졌다. 그는 복서가 이곳에서 나갈 때 얼토당토않는 나쁜 소문이 떠돈 것을 알고 있다고 말했다. 동물들 중에는 복서를 싣고 가는 짐마차에 '폐마 도살업'이라고 씌어져 있는 것을 보고 경솔하게도 복서가 도살장으로 끌려가는 것이라고 비약해서 단정을 내리는 자도 있었다는 것이었다. 어떤 동물이라도 그런 바보 같은 생각을 한다는 건 도저히 있을 수 없는 일이라고 스퀼러는 말했다.

스퀼러는 분함을 참지 못하겠다는 듯 꼬리를 흔들며 이리저리 뛰어다니면서, 친애하는 영도자 나폴레옹 동지가 그 정도로밖에 보이지 않느냐고 소리를 질렀다. 그의 설명은 지극히 간단했다. 그 짐마차는 전에는 폐마 도살업자의 것이었지만 그 후 그것을 수의사가 샀고, 그 수의사는 그 옛 이름을 아직도 페인트로 지워 버리지 않았을 뿐이라고 했다. 그것이 오해를 일으키게 한 원인이라고 했다.

동물들은 이 이야기를 듣고 매우 안심이 되었다. 그리고 스퀼러가 또다시 복서의 임종시 모습을 마치 눈앞에서 보는 것

같이 자세히 설명했다. 그가 훌륭한 치료를 받았으며, 또 나폴레옹이 돈을 아끼지 않고 비싼 약을 써 주었다고 말하자, 동물들의 마지막 의심은 사라졌다. 동지의 죽음에 대한 슬픔은 적어도 그가 행복하게 죽었다는 생각으로 진정되었다.

다음 일요일 아침 회합에서는 나폴레옹이 친히 나와서 복서를 추모하는 짤막한 연설을 했다. 사랑하는 동지의 유해를 운반해서 농장에 매장한다는 것은 불가능하지만, 농장 집 정원의 월계수로 커다란 화환을 만들어 복서의 무덤에 갖다 놓으라고 그는 말했다. 그리고 2~3일 지난 후에 돼지들이 복서를 기리는 추모연을 갖기로 했다는 것이었다. 나폴레옹은 복서가 좋아하던 두 개의 금언 '더 열심히 일하자'와 '나폴레옹 동지는 항상 옳다'를 상기시키면서 모든 동물들도 이 금언을 자신들의 신조로 삼는 것이 좋을 것이라는 말로 연설을 끝냈다.

추모연이 열리기로 예정된 날, 윌링던의 식료품 가게 마차가 농장 집에 커다란 나무 상자를 배달해 왔다. 그날 밤, 떠들썩한 노랫소리에 이어 격렬하게 싸움을 하는 듯한 소리가 들리더니 11시경이 되어 유리 그릇 깨지는 소리가 한바탕 시끄럽게 난 뒤 조용해졌다. 그리고 그 다음날 점심때까지 농장 집에는 정적만이 감돌았고, 돼지들은 어디서 돈을 장만했는지 자기들이 마실 위스키 한 상자를 샀다는 소문이 들렸다.

제 10 장

여러 해가 지나갔다. 계절이 여러 번 바뀌었고, 수명이 짧은 동물들은 어느덧 사라졌다. 클로버와 벤저민, 까마귀 모제스와 상당수의 돼지들을 제외하고는 '반란' 이전의 옛일을 기억하고 있는 동물이 거의 없는 때가 되었다.

뮤리엘도 죽었다. 블루벨과 제시와 핀처도 죽었다. 존스도 역시 죽었다 ― 그가 죽은 곳은 알코올 중독자 수용소였다. 스노볼은 기억에서 사라졌다. 복서에 대한 기억도 그를 직접 알고 있던 몇 명의 기억에만 남아 있었다. 클로버는 이제 관절이 굳어지고, 눈곱이 자주 끼는 늙고 뚱뚱한 암말일 뿐이었다. 그녀는 정년을 두 해나 넘겼다. 그러나 실제로 은퇴한 동물은 한 마리도 없었다. 정년이 지난 동물들을 위해 목장 한 구석을 할당한다는 이야기도 퍽 오래 전에 흐지부지되고 말았다.

나폴레옹은 이제 체중이 3백 파운드나 되는 성숙한 수돼지가 되었다. 스퀼러는 어찌나 살이 쪘는지 눈이 가늘어져 잘 보이지도 않을 정도였다. 벤저민 영감은 전에 비해서 별로 달라진 것이 없었다. 단지 콧등 쪽이 좀 허옇게 되었고, 복서가 죽은 후 더욱더 침울해지고 과묵해졌을 뿐이었다.

농장에는 이제 굉장히 많은 식구가 늘어나 있었다. 하지만 그 수효는 애당초 예상했던 숫자에는 훨씬 못 미쳤다. 또한 이 농장에서 태어난 동물들 중에는 그 '반란 사건'이 입에서

입으로 전해진 이야기에 지나지 않는다고 생각했으며, 다른 데서 팔려 온 동물들은 아예 이 농장에 오기 전에 그런 이야 기를 들어본 적도 없다고 했다.

이곳에는 현재 클로버 이외에도 세 마리의 말이 있었다. 그 들은 늘씬하고 건강미 넘치며 부지런하고 선량한 동지였지 만, 머리는 무척 둔한 편이었다. 그들 중 어느 누구도 알파벳 을 B자 이상 외우지 못한다는 사실이 그것을 입증했다. 그들 은 '동물주의'의 본질에 대해서 들을 때는 무엇이나 그대로 받아들였다. 특히 그들이 존경하고 어머니처럼 여기는 클로 버가 말하는 것은 잘 받아들였다. 하지만 그 이야기를 얼마만 큼이나 이해할 수 있는지는 매우 의심스러웠다.

농장은 전보다도 번창해 갔다. 그리고 잘 조직되어 있었다. 필킹턴 씨로부터 밭을 두 뙈기나 사들였기 때문에 농장 규모 도 확장되어 있었다. 풍차도 성공적으로 완성되었다. 그리고 전용 탈곡기와 건초 운반기도 생겼으며, 여러 채의 건물들이 새로 세워졌다. 윔퍼는 자가용 이륜마차를 샀다. 그러나 풍차 는 결국 전력 발전에는 사용되지 않고 곡식을 빻는 데 사용되 어 많은 돈을 벌어들였다. 동물들은 또 하나의 풍차를 세우느 라고 열심히 일하고 있었다. 이것이 완성되면 발전기를 설치 한다는 이야기가 있었다. 그러나 예전에 스노볼이 동물들에 게 꿈의 청사진을 펼쳐 보였던 전등과 냉온수기가 설치된 우리와 1주 3일 노동 등의 사치스러운 이야기들은 이제는 화젯거리조차 되지 못했다. 나폴레옹이 그런 생각은 동물주의에 위배된다고 비난했기 때문이었다. 가장 참된 행복이란 열심히 일하고 검소하게 생활하는 데에 있다고 그는 말했다.

동물들 자신은 더 나아졌다 할 것은 없었지만 어쩐지 농장만은 더욱더 부유해진 것 같았다. 물론 돼지와 개들은 예외였다. 이것은 아마 돼지와 개의 수가 너무 많은 탓도 있었을 것이다. 이들 돼지들과 개들도 나름대로 어쨌든 일을 안 하는 것은 아니었다. 스퀼러가 끈질기게 설명한 것과 같이 농장을 감독하고 조직하는 데는 굉장히 많은 일이 따랐으며, 이런 대부분의 일은 무지한 다른 동물들로서는 이해할 수 없는 것들이었다. 가령 스퀼러가 말한 대로 돼지들은 '문서', '보고서', '의사록', '각서' 등 수수께끼 같은 일에 매일 대단한 노력을 기울여야만 했다. 이러한 것들은 커다란 종잇조각으로 된 것이었는데, 대부분 다 쓰고 나면 난롯불에 처넣어졌다. 이것은 농장 복지를 위해 매우 중요한 것이라고 스퀼러는 설명했지만, 돼지나 개들은 여전히 자신들의 노동으로는 한 줌의 식량도 생산해 내지 못했다. 게다가 그들의 숫자는 굉장히 많은데다 식욕도 언제나 왕성했다.

다른 동물들의 생활은 예나 지금이나 매한가지였다. 그들은 대개 굶주렸고, 짚더미 위에서 잠을 잤으며, 웅덩이의 물을 마셔야 했다. 온종일 밭에서 일을 했으며, 겨울이 되면 추위에 시달렸고, 여름에는 파리들 등쌀에 고생을 했다. 나이 먹은 동물들은 때때로 희미해진 기억을 열심히 더듬어서 존스가 쫓겨난 지 얼마 안 된 '반란' 초기의 사정이 현재보다 과연 좋았던가 아니면 나빴던가를 판단하려 했지만 생각해 낼 수가 없었다. 현재의 생활과 비교해 볼 만한 것이 아무것도 없었기 때문이었다.

스퀼러의 통계표 이외에는 근거가 될 만한 것이라곤 전혀 없었다. 그 통계표에 의하면 모든 것이 순조롭게 잘 되어 가고 있었다. 동물들에게 이 문제는 해결할 수 없는 것이었다. 어쨌든 그들에게는 지금 이와 같은 일을 뒤돌아볼 만한 시간적 여유가 없었다. 단지 벤저민 영감만은 그의 긴 생애에 있어서 일어났던 사건들을 자세히 기억하고 있다고 했으며, 사정은 그다지 좋아지지 않았고, 좋아질 수도 없으며, 그렇다고 해서 그렇게 나빠지지도 않았고, 나빠질 수도 없다는 것을 깨닫고 있다고 말했다 ─ 굶주림과 노고와 실망이라는 것은 세상살이의 불변의 법칙이라는 것이다.

그러나 동물들은 결코 희망을 버리지 않았다. 게다가 그들은 잠시라도 자신들이 '동물 농장'의 구성원이라는 명예와 특권 의식을 잊어 본 적이 없었다. 이 농장은 아직도 전국에서 ─ 영국 전체에서 그렇다! ─ 동물이 소유하고 운영하는 유일한 농장이었다. 그들 중 어느 누구도, 멀리 떨어진 농장에서 데려온 신출내기들까지도 이제 이 사실에 대해서 경탄하지 않는 동물은 없었다. 그리고 예포가 울려퍼지는 소리를 듣고, 초록색 깃발이 게양대 꼭대기에서 펄럭거리는 것을 볼 때, 그들의 가슴은 한없는 자부심으로 부풀어 올랐다. 화제는 항상 옛날의 영웅적인 시절로 돌아가, 존스를 쫓아낸 일, 칠계명을 내걸던 일, 침략자 인간을 패배시킨 싸움 이야기들을 하곤 했다.

옛날부터 품어 왔던 꿈은 하나도 버리지 않고 있었다. 메이저가 예언한, 영국의 푸른 들판이 인간들의 발에 짓밟히지 않을 '동물 공화국'을 이루리라는 믿음은 아직도 식지 않고 있었다. 언젠가는 그날이 올 것이다. 그렇게 빠르게는 오지 않겠지만, 또 현재 살고 있는 동물들 생전에 오지 않을지도 모르지만, 그러나 언젠가는 반드시 오고야 말 것이다. 그들 사이에서는 '영국의 가축들'이라는 노래가 여기저기서 조용히 불려지기도 했다. 어쨌든 농장의 동물들은 누구나 다 이 노래를 알고 있었다. 그들의 생활이 고생스럽고, 그들의 희망이 전부 달성되지 않았을는지 모르지만 그들은 다른 동물들과는 다르다는 자부심을 갖고 있었다.

배가 고프다 해도 그것은 포악한 인간들을 먹여 살리느라 그런 것은 아니었다. 고되게 일하긴 하지만 그것은 적어도 자기들을 위해 하는 일이었다. 그들 중 어느 누구도 두 발로 걷지 않았다. 어느 동물도 다른 동물을 '주인'이라고 부르지 않았다. 모든 동물은 평등했다.

초여름 어느 날, 스퀼러는 양들을 인솔하여 농장 한구석 자작나무가 심어져 있는 빈터로 데리고 갔다. 양들은 스퀼러의 감독 아래 풀을 먹으며 하루를 보냈다. 저녁때가 되자 스퀼러는 혼자 농장 집으로 돌아가면서 양들에게는 날씨가 따뜻하니 그곳에서 자라고 명했다. 결국 양들은 꼬박 일 주일 동안 그곳에 머물러 있어야만 했다. 그 동안 다른 동물들은 양들을 만날 수가 없었다. 스퀼러만이 거의 매일 대부분의 시간을 양들과 같이 지냈다. 그는 그들에게 비밀로 해 둘 필요가 있는 새로운 노래를 가르쳤다고 말했다.

양들이 막 돌아온 어느 상쾌한 저녁에 동물들은 그날 일을 마치고 농장 건물로 돌아오고 있을 때였다. 갑자기 마당에서 간담을 서늘하게 하는 말의 신음섞인 비명 소리가 들렸다. 동물들은 깜짝 놀라 그 자리에 우뚝 섰다. 그것은 클로버의 소리였다. 그녀의 소리가 다시 들리자 동물들은 모두 마당으로 뛰어왔다. 그들은 그제서야 클로버가 목격하고 있는 광경을 보게 되었다.

그렇다, 그것은 스퀼러였다. 그런 자세로 그 커다란 몸뚱이를 지탱하는 데 아직 단련되지 않은 듯 약간 뒤뚱거리기는 했

≫ 그리고 잠시 후, 농장 집 문 밖으로 뒷다리로만 걷는 돼지들의 긴 행렬이 나타났다.

지만, 그래도 거의 균형을 잡고 마당을 천천히 걷고 있었다.

그리고 잠시 후, 농장 집 문 밖으로 뒷다리로만 걷는 돼지들의 긴 행렬이 나타났다. 그 중에는 잘 걷는 자도 있었지만 뒤뚱거리며 지팡이에 기대고 싶어하는 모습들도 몇몇 눈에 띄었다. 하지만 대개는 성공적으로 마당을 한 바퀴 돌았다. 그리고 마침내 무시무시한 개의 울부짖음과 검고 젊은 수탉의 높은 울음소리가 들리더니 나폴레옹이 당당하게 일어서서 좌우로 오만한 시선을 던지며 나타났다. 개들이 그의 주위를 뛰어다니고 있었다.

그는 앞발에 채찍을 들고 있었다. 주위가 쥐죽은 듯이 조용해졌다. 너무 놀라 간담이 서늘해진 동물들은 한자리에 모여 돼지들의 긴 행렬이 천천히 마당을 도는 것을 지켜보고 있었다. 마치 세상이 뒤집힌 것만 같았다. 그리고 나서 겨우 처음의 충격에서 헤어나자 그들은 개에 대한 공포심이나 무슨 일에든 불평도 비판도 하지 않는 오랜 습관에도 불구하고 항의할 태세로 입을 열려고 했다.

그러나 바로 그때 마치 어떤 신호라도 받은 듯 양들이 일제히 소리를 맞추어 맹렬히 외쳐대기 시작했다.

"네 다리는 좋다. 두 다리는 더욱 좋다! 네 다리는 좋다. 두 다리는 더욱 좋다! 네 다리는 좋다. 두 다리는 더욱 좋다!"

이 소리가 5분 동안이나 그치지 않고 계속되었다. 양들이 조용해졌을 때는 돼지들은 이미 농장 집으로 돌아간 뒤여서 항의할 기회가 없었다.

벤저민은 누군가가 자기 어깨에 코를 비비는 것을 느꼈다. 돌아다보니 클로버였다. 그녀의 늙은 눈은 더욱 흐려져 있었다. 그녀는 아무 말 없이 벤저민의 털을 잡아당기더니 7계명이 씌어져 있는 하얀 글씨를 가만히 바라보고 있었다.

"내 시력이 나빠져서요. 하긴 젊었을 때도 저기에 씌어 있는 글자를 읽지는 못했지만요. 그런데 저 벽이 아주 달라진 것처럼 보이네요. 벤저민, 저 칠계명은 예전 그대로인가요?"

벤저민은 이번만은 자기가 지켜온 규칙을 깨뜨리기로 작정하고 벽에 씌어 있는 것을 그녀에게 읽어 주었다. 그곳에는 단 하나의 계명밖에 없었다. 그것은 다음과 같이 씌어 있었다.

모든 동물은 평등하다.
그러나 어떤 동물은 다른 동물보다 더욱 평등하다.

그 후부터 농장 작업을 감독하는 돼지들이 전부 앞발에 회초리를 들게 되었다 해서 별로 이상하게 생각할 일이 아니었다. 돼지들이 라디오를 구입하고, 전화를 설치하고, 「존불」, 「티트비츠」 잡지와 「데일리 미러」 신문 구독을 신청했다는 것이 알려졌는데도 이상하게 느껴지지 않았다. 나폴레옹이 파이프를 물고 농장 집 정원을 산책하는 것을 보아도 — 아니, 돼지들이 존스 씨의 옷장에서 옷을 꺼내 입어도, 나폴레옹 자신이 검은 승마용 바지를 입고 가죽 각반을 한 차림으로 나타나도, 그리고 또 그가 총애하는 암돼지가 존스 부인이 일요일에나 입었던 물결무늬의 비단옷을 입고 나타나도 조금도 이상하게 생각되지 않았다.

일 주일이 지난 어느 날 오후, 몇 대의 이륜마차가 농장에 도착했다. 이웃 농장의 대표들을 초청한 것이었다. 그들 일행은 농장 일대를 안내받고 두루 돌아보면서 보는 것마다 친탄을 금치 못했다. 특히 풍차에 대해서는 극구 칭찬을 늘어놓았다.

동물들은 순무 밭에서 잡초를 뽑고 있었다. 이제 그들은 땅에서 얼굴 한 번 드는 일 없이, 돼지와 인간 방문객 중 어느 쪽이 더 무서운지도 모르는 채 부지런히 일만 하고 있었다.

그날 밤 농장 집 안에서는 커다란 웃음소리와 노랫소리가 흘러나왔다. 동물들은 갑자기 인간과 동물들의 뒤범벅된 목소리들을 듣자 바짝 호기심이 생겼다. 처음으로 동물들과 인간들이 평등한 입장에서 만나고 있는 저 농장 집 안에서 도대체 지금 무슨 일이 벌어지고 있는 것일까? 하고 그들은 일제히 농장 집 정원으로 소리를 죽여가며 살금살금 들어가 보았다.

문앞에 이르자 그들은 주춤하며 섰다. 안으로 들어가는 것
이 약간 두려웠기 때문이었다. 그러자 클로버가 앞장서서 안
으로 들어갔다. 그들은 살금살금 집까지 다가갔고, 키가 큰
동물들은 식당 창문으로 안을 들여다보았다.

긴 식탁을 둘러싸고 농장주 여섯 사람과 여섯 마리의 고위
층 돼지들이 자리에 앉아 있었다. 나폴레옹이 상석을 차지하
고 있었다. 돼지들은 아주 기분이 좋은 듯이 의자에 걸터앉아
있었다. 그들은 카드 놀이를 하다가 축배를 들기 위해 잠시
중단한 모양이었다. 큰 술병을 돌려가며 잔에 맥주를 가득 채
웠다. 동물들이 의심으로 가득 찬 눈으로 창문에서 엿보고 있
다는 것을 눈치챈 자는 하나도 없었다.

폭스 우드 농장의 필킹턴 씨가 손에 잔을 들고 일어서더니,
자리를 함께 하신 여러분들에게 축배를 권하고 싶지만 그 전
에 몇 마디 해야 할 이야기가 있다고 말했다. 그는 장기간에
걸친 불신과 오해에 종지부를 찍었다는 것에 대해 자기는 무
척 만족하며, 여기 있는 다른 이들도 그럴 것임을 확신한다고
말했다. 그 자신이나 여기에 온 어느 누구도 그와 같은 감정
을 가지고 있지는 않지만, 서로 인접해 살고 있는 사람들은
이 '동물 농장'의 존경하는 주인들을 적이라기보다는 말하자
면 조금은 걱정스러운 눈초리로 지켜보던 때도 있었다고 했
다. 불행한 사건도 있었고, 오해도 있었다는 것이었다. 돼지

들이 소유하고 경영하는 농장이라는 것이 어딘가 비정상적이어서 근처에 동요를 일으키기 쉽다고 느낀 적도 있었다는 것이었다. 많은 농장주들이 자세히 알아보지도 않고 이 농장에서는 방종과 무질서의 분위기가 난무한다고 속단했었고, 그래서 그들은 자기들의 동물들, 심지어는 고용하고 있는 인간들에게까지 나쁜 영향을 끼칠 것을 걱정했다는 것이다. 그러나 그 모든 의심이 지금은 완전히 없어졌다고 했다. 오늘 자기와 자기의 친구들이 '동물 농장'을 방문하고 직접 눈으로 구석구석 둘러본 뒤에 발견한 것이 무엇이었는가? 그것은 최신식 영농방법 뿐만이 아니라 모든 농장주의 귀감이 될 만한 규율과 질서였다는 것이었다. '동물 농장'의 하층 동물들이 이 지방의 어떤 다른 동물들보다 많이 일하고 적은 양의 식량을 받는다고 해도 자기는 그것을 정당한 것이라고 믿는다고 말했다. 실제로 오늘, 그와 그의 일행들은 곧 자기들의 농장에 채택하고 싶은 여러 가지를 확인했다는 것이었다.

그는 '동물 농장'과 그 이웃 농장 사이에 존재하고 있고, 또 존재해야 할 우정을 재차 강조하는 것으로 인사말을 끝낸다고 말했다. 돼지들과 인간들 사이에는 조금도 이해의 충돌이 없으며, 또 그럴 필요도 없다는 것이었다. 인간이든 돼지든 투쟁할 일이나 당면한 어려움은 같다. 노동 문제란 어디서나 같은 문제를 일으키는 것이 아닌가? 필킹턴 씨는 여기까지 말하고 준비한 재담(才談)을 일동에게 털어놓으려고 했지만, 잠시 동안 터져나올 듯한 웃음 때문에 그 재담이 입에서 선뜻 나오지 않는지 그는 살이 쪄 여러 겹이 된 턱을 뻘겋게 물들이며 한참 동안 숨을 뿜어내더니 겨우 말을 꺼냈다.

"만일 여러분에게 싸워야 할 하층 동물이 있다면, 우리들에게도 싸워야 할 하층 계급이 있습니다."

이 재담은 일시에 좌중을 웃겼다. 그리고 필킹턴 씨는 자기가 농장에서 관찰한 식량 배급과 긴 작업 시간과 전반적으로 불평이 없는 것에 대해 돼지들을 다시 한 번 치하했다. 그러고 나서 그는 자리에서 일어서더니 마지막으로 모두 일어나 잔에 맥주를 채워 건배하자고 말했다.

"여러분, 여러분을 위해 건배합시다. 그리고 '동물 농장'의 번영을 기원합니다!"

필킹턴 씨는 인사말을 맺었다.

열광적인 갈채와 발 구르는 소리가 났다. 나폴레옹은 매우 만족하여 자리에서 일어나 식탁을 돌아 필킹턴 씨 옆에까지 가서는 잔을 서로 맞부딪친 후 들고 있던 맥주를 쭉 들이마셨다. 박수 소리가 가라앉자 그때까지 계속 서 있던 나폴레옹이 자기도 몇 마디 인사말을 하고 싶다고 말했다.

나폴레옹의 연설은 언제나 그랬던 것처럼 짧으면서도 요령이 있었다. 그도 이제까지의 오해가 끝난 것을 기쁘게 생각한다고 말했다. 오랫동안 자기와 자기 동료들의 사고방식에는 파괴적인, 아니 혁명적인 것이 있다는 소문이 떠돌았지만 — 이것은 어떤 악의를 품고 있는 자가 퍼뜨린 것이 틀림없다고 했다. 그들이 이웃 농장의 동물들 사이에 '반란'을 선동하려고 기도했다는 것이었다. 그 소문이야말로 천부당만부당한 것이라고 했다. 자기들의 유일한 염원은 과거나 현재가 마찬가지지만 이웃과 평화롭게 정상적인 거래를 유지하며 살아가는 것이라고 말했다. 그런 다음 나폴레옹은 또다시 부언해서 자기가 영광스럽게 통솔하고 있는 이 농장은 일종의 협동 기업이며, 자기 자신의 소유로 되어 있는 부동산 권리증서도 모두 돼지들의 공동 소유라는 것이었다.

그는 예전의 의혹이 아직도 남아 있다고는 믿지 않지만 최근 농장에는 어떤 변화가 일어나고 있고, 이것은 신뢰감을 더욱더 굳건히 하는데 효과가 있을 것이라고 했다. 지금까지 이 농장의 동물들은 서로 '동지'라고 부르는 바보 같은 습관을 지켜왔는데, 이것도 금지되었다고 했다. 그리고 어쩌다가 그런 일이 발생했는지 모르지만, 일요일 아침마다 마당의 기둥 못에 걸려 있는 수퇘지의 두개골 앞을 행진하는 괴상한 습관도 또한 금지될 것이며, 두개골은 벌써 땅에 묻어 버렸다고 했다.

손님 여러분은 게양대에 펄럭이는 초록색 깃발을 보았을

것이고, 그것을 보았다면 전에 그 깃발에 그려져 있던 흰 발굽과 뿔무늬가 없어진 것도 눈치챘을 것이다. 이제부터는 아무것도 그려져 있지 않은 초록색 깃발을 사용할 것이라는 것이었다.

그는 필킹턴 씨의 우정어린 훌륭한 연설에 대해 시정해 둘 것이 한 가지 있다고 했다. 필킹턴 씨는 시종 '동물 농장'이라고 말했는데, 그것은 그 이름이 폐지되었다는 사실을 모르고 있기 때문이라고 했다. 그도 그럴 것이 나폴레옹 자신이 지금에야 그 사실을 처음 발표하는 것이므로 그가 모르는 것도 당연하다고 했다. 그러니 이제 앞으로는 '매너 농장'으로 불릴 것이고, 이것이 사실 본래의 올바른 이름이라고 말했다.

"여러분! 여러분을 위해 다시 축배를 들겠습니다. 하지만 이번에는 새로운 이름을 위해서입니다. 여러분, 잔을 가득 채워 주십시오. 우리 모두 건배합시다. 매너 농장의 번영을 위해서!"

나폴레옹은 인사말을 끝냈다.

다시 박수 갈채가 터져나왔고, 한 방울도 남기지 않고 잔을 깨끗이 비웠다. 그러나 밖에서 처음부터 끝까지 이 광경을 지켜보고 있던 다른 동물들은 이상한 일이 일어나고 있다고 생각했다.

돼지들의 얼굴을 저렇게 바꿔놓은 것은 무엇일까? 클로버는 늙어 희미해진 눈으로 돼지들의 얼굴을 차례로 훑어보았다. 어떤 돼지는 턱이 다섯이고, 어떤 돼지는 턱이 넷이고, 또 어떤 돼지는 턱이 셋이었다. 그러나 저토록 저들의 모습이 달라져 보이게 하는 것은 과연 무엇 때문일까? 박수 갈채가 끝나자 일동은 카드를 꺼내어 중단했던 놀이를 계속했다. 숨어서 지켜보던 동물들은 그곳에서 슬그머니 물러났다.

그러나 20야드도 채 가기 전에 그들은 우뚝 섰다. 떠들썩한 소리가 농장 집 안에서 들려왔다. 동물들은 다시 뛰어가서 창문으로 들여다보았다. 격렬한 싸움이 벌어지고 있었다. 고함을 지르고 책상을 치며 의심에 찬 날카로운 눈초리로 화를 내면서 아니라고 잡아떼는 등 야단법석이었다. 싸움의 원인은 나폴레옹과 필킹턴이 동시에 스페이드 에이스를 냈기 때문인 것 같았다.

열두 목소리가 화를 내며 제각기 소리를 지르고 있었다. 그러나 그 소리들이 모두 한 소리로 똑같이 들렸다. 그제서야 돼지들의 얼굴에 나타난 변화에 대해서 깨닫게 되었다. 밖에서 엿보고 있던 동물들은 인간과 돼지의 얼굴을 몇 번이고 번갈아 쳐다보았다. 그러나 어느 쪽이 인간이고 어느 쪽이 돼지인지 분간할 수가 없었다.

조지 오웰과 ≪동물 농장 *Animal Farm*≫

현대 문명의 비인간화를 예견한 미래적 작가

현대 문명은 갈수록 극단적인 비인간화와 비역사성에 함몰되어 가고 있다. 인간성이나 개인의 존재는 새로운 과학적 사고와 기술적인 진보에 의해 무시되고, 정치적인 선전과 세뇌 등에 의해 압도되고 조절됨으로써 점차 사멸되어 가고 있다. 특히 정치는 현대 문명과 인간 생활 자체에 영향을 끼치는 매우 중요한 요인 중의 하나로 그 위세를 떨치고 있다. 이러한 정치와 과학의 우위는 20세기에 들어서 더욱 가속화되고 있다.

따라서 인간성의 숭고함에 위압을 가하는 정치와 과학의 부작용에 대해 많은 작가들과 사상가들이 도덕적 · 사상적 논쟁을 계속해 왔으며, 문학적 · 사상적 주제로 삼아왔다. 이른바 '영혼을 상실한' 기계주의적 시대 상황에 대한 작가들의 대응은 20세기에 들어와 하나의 큰 문학적 조류를 이루었으며, 특히 이러한 현

동물 농장 183

실을 미래의 문명 속에 투영시켜 인간의 조건을 검토하며, 문명의 실상을 예견한 풍자적인 작품들이 씌어졌다.

예를 들어 위겐 자미아틴(Eugene Zamyatin)의 ≪우리 *We*≫(1920년), 올더스 헉슬리(Aldous Huxley, 1894~1963)의 ≪멋진 신세계 *Brave New World*≫(1932년), 그리고 조지 오웰(George Orwell, 1903~1950년)의 ≪1984년≫(1949년)과 같은 작품들은 현대 문명의 비인간화에 비판을 가하는 대표적인 반(反) 유토피아 소설이라고 할 수 있다. 이 외에도 제임스 번햄, H. G. 웰스, 잭 런던 등의 작가들이 탈인간화 된 가상의 미래에 대해 의미 있는 작품들을 남겼다.

조지 오웰은 이러한 현대 문명의 비극적인 현상을 문학화한 논쟁적인 작가들 중의 한 사람이다. 그가 일생 동안 추구했던 것은 작품을 통하여 정치적·도덕적 사상을 표현하는 것이었다. 그는 예술을 위한 예술을 부정하였고, 예술은 그 자체보다는 더 중요한 것의 보조적 역할을 해야 한다고 생각했다.

하지만 그의 대표적인 두 편의 소설, 즉 ≪동물 농장 *Animal Farm*≫(1945년)과 ≪1984년≫은 그 속에 담겨져 있는 사상적 안목과 깊이 뿐만 아니라, 순수한 문학적 가치에 있어서도 매우 뛰어난 작품들이다. 특히 오웰의 최후의 소설이자 최고의 소설인 ≪1984년≫은 정치가 휴머니티를 대신하고, 국가가 개인을 질식시키는 비극적인 현실 상황을 매우 날카롭게 그려내고 있다. 또한 이 작품은 미래의 가공 세계를 통해 인간의 삶의 질을 재검토함으로써, 현대 문명의 수치인 극단적인 비인간화 현상에 예리한 메스를 가하고 있다. 발표 당시 전체주의의 악마성을 매우 섬뜩하게 묘파했다는 점에서 전 세계에 센세이션을 일으켰다. 이 작품은 오늘날에도 그 문학적 반향(反響)이 사그라들지 않고 있다. 따라서 이 소설 하나만으로도 조지 오웰의 문학적 업적과 성과는 매우 크다고 할 수 있다.

조지 오웰의 본명은 에릭 아더 블레어(Eric Arthur Blair)로 1903년 6월 25일 인도의 벵골 주 모타하리에서 태어났다. 아버지는 스코틀랜드계 영국인이다.

그는 본명을 매우 싫어하여 필명인 조지 오웰을 사용했다. 그 이유는 그의 본명에 나타나 있는 출신 신분 때문이라고 한다. 즉, 그는 영국의 전통적인 가문이 아닌 스코틀랜드 출신이라는 점 때문에 어려서부터 심한 굴욕과 불편 등을 겪어왔는데, 그로 인해 스코틀랜드적인 본명보다는 영국적인 필명을 자주 사용한 듯싶다.

조지 오웰이라는 필명은 그의 첫 소설인 ≪파리와 런던에서의 밑바닥 생활 *Down and Out in Paris and London*≫(1933년)에서부터 사용했는데, 오웰이라는 이름은 서포크의 그의 부모가 사는 집 남쪽에 있는 강 이름이다.

열등감으로 얼룩진 학창 시절

조지 오웰의 아버지 리처드 블레어는 스코틀랜드계 영국인으로 인도 정부의 아편국 하급 관리였고, 어머니 마벨 리모진은 미얀마에서 목재상을 하던 사람의 딸로 영국과 프랑스의 양쪽 혈통을 이어받은 여자였다. 오웰에게는 각각 다섯 살 터울의 누나와 누이동생이 있었다. 오웰의 가족은 아버지의 적은 월급만으로 생활했기 때문에 경제적으로 그다지 넉넉하지 못했다. 오웰이 3살 때 아버지만 인도에 남겨 두고 가족은 영국으로 돌아와 살게 되었다. 아버지는 오웰이 8살 때 퇴직을 하고 귀국하여, 약간의 연금을 받는 연금 생활자가 된다.

8살 때 오웰은 영국의 남부 해안에 있는 상류사회의 자제들이 주로 다니는 사립 예비학교에 입학한다. 이런 예비학교는 보통 이름이 알려진 퍼블릭 스쿨에 진학할 준비 기관으로서의 성격이 강했다. 그가 들어간 학교 역시 이턴이나 해로 같은 명문고 진학을 위한 준비 학교였다.

그의 부모는 오웰을 이곳에 보내기 위하여 상당한 경제적 희생까지 감수했다. 그러나 오웰에게는 학창 시절을 어둡고 우울하게 만드는 원인이 되었다. 오웰의 당시 신분은 비록 하층 계급은 아니었지만, 돈이 많이 드는 예비학교나 퍼블릭 스쿨에 입학할 정도로 부유한 상류 특권층도 아니었다. 따라서 오웰은 이 예비학교에서 보낸 6년여의 기간 동안 자신보다 부유하고 유복한 소년들과의 생활 속에서 빈부의 차에 대한 패배 의식과 열등감을 느끼게 되고, 그로 인해 심한 정신적 괴로움을 겪게 된다.

그가 이와 같은 걸맞지 않은 학교에 들어가게 된 이유로서는 무엇보다 그의 아버지의 허영심 때문이었다. 그 무렵 영국의 중류 계층에 속하는 부모들 중에는 상당한 희생을 치르고 경제적 무리를 해서라도 자식에게만은 훌륭한 교육을 받게 하여 어떻게든 상류사회에 끼게 하고 싶은 일종의 비원(悲願) 같은 감정을 지닌 사람들이 많았는데, 그의 경우도 아버지의 그와 같은 바람에 의해 진로를 정하게 되었던 것이다.

이 예비학교에서의 경험은 긍정적이든 부정적이든 그의 전 생애에 영향을 주게 되는데, 후에 그가 여러 글에서 이때의 고뇌와 굴욕을 회상하고 있는 것을 보아도 이 시기에 받은 마음의 상처가 얼마나 깊었던가를 알 수 있다. 특히 그가 33살 때 서점 점원 생활의 체험을 쓴 소설 ≪엽란(葉蘭)을 날리게 하라 *Keep the Aspidistra Flying*≫(1936년)에선 그의 분신이라고 할 주인공의 입을 빌어 '아마 어른이 어린아이에게 가할 수 있는 가장 잔인한 짓은 그 아이를 부유한 집안의 아이들이 다니는 학교에 보내는 것인지도 모른다'라고 술회할 정도였다.

그리고 이러한 체험들은 후에 탄생된 두 걸작 ≪1984년≫과 ≪동물 농장≫의 주요한 주제라 할 인간 정신에의 처벌, 유전과 환경의 중요성, 세뇌의 기능성 등과 같은 아이디어 계발에 중요

배경이 되었다.

이턴 교는 귀족주의적 색채가 짙은 학교였지만, 다행히 개인에 대한 관용의 태도와 지적(知的) 자유에 대한 깊은 배려를 가지고 있다는 점에서 차라리 대학에 가까웠다. 오웰은 이곳에서 자유롭고 독립된 생활을 향유하고 적잖은 친구들과 알게 되고, 좋아하는 책을 많이 읽었다.

그리고 당시는 러시아 혁명 직후여서 학생들 사이에서는 혁명 찬미의 풍조가 일고 있었다. 그 속에서 오웰도 레닌의 사상과 사회주의 서적을 탐독했다. 그가 한평생 품게 되는 이른바 민중 중심의 자유주의적인 사상의 모체가 되는 사회주의 사상의 세례를 처음 받은 게 바로 이 이턴 교 재학 시절이었던 것이다. 또한 그는 이턴 교에서 문어체(文語體)를 배우고 여러 방면에 대한 학식을 넓혔다. 그 밖에 시(詩)를 짓기도 하고, 희곡과 단편소설을 쓰기도 하고, 학교 신문을 창간하여 그 편집을 맡아보기도 했다. 오웰은 이 시절 동안 넓은 식견과 지성의 힘에 대한 자신감을 길렀으며, 그와 같은 식견의 힘이야말로 정규적인 학업보다 훨씬 귀중한 것으로 20세기의 유명 작가 조지 오웰을 있게 한 원천이 되었다.

1921년 이턴 교를 졸업한 오웰은 대학 진학을 포기하고 미얀마로 건너가서 경찰관으로 재직하였다. 대학 진학을 포기한 것은 경제적 여유가 없었기 때문이기도 했지만, 가난한 처지에 부유한 삶을 산다는 게 위선과 허위로 생각되었던 것이다. 게다가 이제 막 호기심의 절정에 있던 청년 오웰은 보다 드넓은 세계로 나가서 시야를 넓히고 싶다는 욕구로 가득 차 있었다. 이런 환경적·개인적 이유로 유명 대학생의 신분을 포기한 오웰은 마침 일자리가 난 미얀마의 경찰관으로 진로를 결정해 버렸다.

이렇게 해서 시작된 미얀마에서의 5년 동안의 체험은 그 이후의 그의 정신적 진로에 큰 영향을 끼치게 된다.

속죄의 생활과 작가로서의 입신

당시 미얀마(구 버마)는 지배자와 피지배자 관계가 가장 적나라하게 드러나 있던 식민지였다. 좀더 자유로운 삶을 찾기 위해 미얀마로 왔던 오웰은 오히려 자신이 이번에는 지배 기구의 일원이 되어 극단적인 혐오의 삶을 살아야 했다. 그는 미얀마에서 영국 제국주의의 실태를 직접 보고 그 포학성에 대해 몸서리쳤으며, 자신이 그 일부가 되어 원주민 탄압의 앞잡이가 된 일에 심한 자기혐오와 죄책감을 느꼈다. 인간이 인간을 차별한다든지 압박한다든지 하는 끔찍함을 절절히 통감했던 것이다. 물론 이러한 자의식은 오웰 특유의 예민한 성격 때문이기도 했다. 당시 그의 상태는 그의 소설 ≪버마 시절 *Burmese Days*≫(1934년)과 ≪코끼리를 쏘다 *Shooting an Elephant*≫(1950년)에 잘 나타나 있다.

1934년 뉴욕에서 간행된 ≪버마 시절≫은 영국의 식민지 지배에 대한 비판의 책인 동시에 내성적이고 민감한 청년의 좌절과 굴욕에 대한 기록이다. 이 소설에는 오웰이 식민지에서 겪을 수밖에 없었던 아픈 현실과 죄책감 그리고 제국주의의 악에 대한 뼈아픈 반성이 새겨져 있다. 또한 사후에 발행된 평론집 ≪코끼리를 쏘다≫에 수록된 동명(同名)의 글에는 인간에 의한 인간의 지배가 갖는 불합리와 불법에 대한 오웰의 태도가 좀더 세밀하게 묘사되어 있다. 자신의 의지와는 상관없이 코끼리의 죽음을 보고야 말겠다는 군중 심리의 압력을 견디지 못하여 총을 발사해 버리는 주인공의 갈등을 통해 오웰은 자신의 고뇌와 자책의 마음뿐만 아니라 지배자와 피지배자 관계라는 하나의 추상 관념을 생생한 구체적 현실로 표현하고 있다.

결국 오웰은 식민지의 경찰이라는 자신의 신분에 혐오와 죄악감을 느껴 미얀마를 떠날 결심을 하게 된다. 1927년 건강을 이유로 휴가를 얻어 영국으로 돌아온 오웰은 즉시 경찰직을 사임해 버린다. 그렇다고 그의 죄책감이 사라져 버린 것은 아니었다.

오웰은 즉시 그가 생각한 '속죄의 생활'을 시작해, 영국으로 돌아온 처음 6개월 동안 영국의 빈민들 실태를 알아보기 위해 런던의 동쪽 변두리 지역을 돌아다닌다. 그러다가 좀더 극적인 빈곤의 현장을 찾아 파리로 떠난다. 파리에서의 생활은 고달팠

다. 오웰은 호텔의 접시닦이도 하고, 러시아 요릿집에서 심부름 꾼으로 일하는 등 고생을 겪는다. 하지만 노동 조건이 너무도 가혹해서 오래 계속하지 못하고, 한번은 런던에 있는 친구에게 도움을 청해 취직 알선을 부탁하기도 한다. 그러나 그 친구가 찾아준 일을 시작하는 시기가 늦어지자, 그는 그 일자리를 포기하고 부랑자들과 한데 어울려 빈민굴에 있는 그들의 싸구려 하숙집에 함께 묵으면서 생활하기 시작했다. 그 자신의 말대로 완전히 밑바닥까지 떨어져 버렸던 것이다. 설상가상으로 폐렴까지 걸려 건강도 악조건이었다.

결국 오웰은 18개월간의 파리 생활을 청산하고 영국으로 돌아온다. 하지만 영국에서의 사정도 별반 나아지지 않았다. 그는 귀국 후에도 켄트 주(州)에서 홉(Hop)을 따는 인부, 가정교사, 서점 점원 등의 직업을 전전하면서 파리 시절과 거의 다름없는 궁핍한 생활을 계속했다. 그러나 이런 가난과 방랑 생활 속에서도 그는 틈틈이 글을 쓰는 일을 게을리하지 않았다. 그는 그의 바람대로 극한의 절망적인 삶을 겪는 동안 서서히 작가로서 성숙되어 갔던 것이다. 파리와 런던에서의 생활은 그에게 많은 것을 깨닫게 해 주었다. 어렴풋하게 인식되던 그의 사상적인 경향은 급속도로 발전되고 명백해졌다. 오웰은 제국주의와 빈곤에 대한 자신의 생각을 글로 옮기기 위해 노력했다.

그는 서포크의 부모 집에서 글을 쓰며, 여러 신문과 잡지에 기고하기도 했다. 이 시기에 오웰은 그의 첫 소설인 ≪파리와 런던에서의 밑바닥 생활≫(1933년)을 완성한다. 파리와 런던에서의 처참하고 빈곤한 생활을 적나라하게 기록한 이 소설에는 오웰이 직접 체험한 가난의 극한 상황이 잘 묘사되어 있다. 특기할 만한 것은 그때까지 오웰은 에릭 블레어라는 본명으로 글을 기고했는데, 이 작품의 출판을 계기로 '조지 오웰'이라는 필명을 쓰기 시작한 일이다.

≪파리와 런던에서의 밑바닥 생활≫은 판매 부수는 저조했지만, 비평가들 사이에서는 높이 평가되고 호평을 얻었다. 이후 3년 동안 오웰은 작가로서의 명성을 굳혔다. 그는 교사 생활과 서평 원고로 돈을 벌었으며, 부모에게서 독립하여 전문 작가로서 일하기 시작했다. 1934년에는 앞에서도 언급한 미얀마 시절의 체험을 담은 소설 ≪버마 시절≫을 발표했고, 이듬해인 1935년에 그 당시 근무한 적이 있는 급료가 형편없던 사립학교 교사로서의 생활 체험을 쓴 소설 ≪목사의 딸 *A Clergyman's Daughter*≫을, 또 이듬해에는 서점 점원 시절의 체험을 배경으로 한 소설 ≪엽란을 날리게 하라≫(1936년)를 각각 세상에 내놓았다. ≪목사의 딸≫은 믿을 수 있든 없든 간에 사람에게는 신앙이 필요하다고 하는 '신앙'의 문제와 섹스에 대한 공포를 테마로 한 소설이다. 이 소설에는 켄트 주에서 겪은 홉 채취의 경험과 런던에서의 부랑자 생활, 싸구려 하숙 생활, 저급한 사립학교

의 형편 등 작가의 생활 체험이 투영되어 있다. ≪엽란을 날리게 하라≫는 그의 작품 중에서도 빈곤의 문제, 특히 돈의 결핍에 의해서 일어날 수 있는 인간성의 왜곡에 관한 문제를 심도 있게 다룬 침울한 소설이다.

이들 세 편의 소설들은 모두 비평가들로부터는 찬사를 받았지만 대중적 호응은 얻지 못했다. 당연히 경제적 여건은 좋아지지 않았고, 오웰의 생활은 여전히 고생스러웠다. 그리고 그런 궁핍한 생활은 11년 후에 ≪동물 농장≫으로 큰 성공을 이룰 때까지 계속되었다.

스페인 내전 참여와 공산주의와의 결별

1936년은 오웰에게 매우 바쁜 한 해였다. 먼저 오웰은 6월에 세관원의 딸인 에일린 오쇼니시(Eileen O' shaughnessy)와 결혼했다. 그녀는 옥스퍼드 영문과 출신으로 교사와 기자를 지냈으며, 런던 대학원에서 심리학을 공부했다. 오웰은 결혼 후 월링던이라는 지방 도시로 이사를 해 작은 잡화점을 열었다. 경제적으로 그다지 윤택한 것은 아니었지만, 오웰은 오전과 밤에 글을 쓰며 작가로서의 명성을 확고히 했다. 이 시기의 작가와 저널리스트로서의 오웰의 명성은 주로 빈곤과 불황에 대한 그의 보고(報告)에서 얻어진 것이었다. 그의 방황과 여행 그리고 확신에 찬 그의 글들은 비록 제한된 것이긴 했지만 문학계에 독특한 명성을 그에게 안겨 주었다.

한편 이 시기의 오웰은 사회주의적 작가로서 그 사상의 성향을 굳혀가고 있었다. 1929년 대공황 이후 계속된 실업과 불황, 파업은 자본주의 체제의 위기를 몰고 왔고, 인텔리 계층 중에는 사회주의로 기울어져 가는 사람들이 많았다. 오웰 역시 이러한 사회적 환경에다 미얀마 시절부터 지녀온 전체주의에 대한 반감의 영향으로 서서히 사회주의로 경도되어 갔다. 이러한 때에 오웰은 '좌파 독서 클럽'으로부터 불황에서의 영국 북부의 탄광 · 공업지대에 대한 실업자 실태를 르포로 써 달라는 의뢰를 받는다. 그가 그런 의뢰를 받게 된 것은 이 클럽의 회장인 빅터 골란츠라는 사람이 오웰의 초기 작품을 출판하여 서로 아는 사이기도 했지만, 무엇보다 ≪파리와 런던에서의 밑바닥 생활≫과 이후의 작품에서 보여 준 르포 작가로서의 그의 능력이 높이 평가되었기 때문이었다. 오웰은 영국 북부의 셰필드, 맨체스터, 리츠, 위건 등지의 탄광 · 공업도시를 차례로 돌며, 약 2개월 동안 가난한 노동자의 가정에 묵으면서 노동자의 비참한 생활 실태를 세밀히 관찰하여 기록했다. 이 탐방 여행의 결정(結晶)이 1937년에 출간된 ≪위건 부두로 가는 길 *The Road to Wigan Pier*≫ (1937년)이다.

이 책은 2부로 되어 있다. 1부는 그가 여행한 북부 지방의 가난한 탄광 노동자의 생활 실태에 대한 보고의 형식을 띤 것이며, 2부는 오웰 자신이 상당히 개성이 강한 사회주의의 입장에서 영국인의 계급 의식과 사회주의자들에 대하여 통렬한 비판을 퍼부은 내용을 담고 있다. 불우한 지역에 대한 그의 인상을 상세하게 묘사하고 있는 이 글에서 중요한 요소는 오웰이 다만 빈곤하게 사는 사람들의 비참함을 그려내는 데 그치지 않고 그들의 무기력하고 우울한 삶의 중간중간에 언뜻 비치는 따뜻하고 명랑한 점을 찾아내고 있다는 점이다. 그는 이 글에서 자신의 중류 계급적 삶의 때를 지우고 노동자의 삶 속에 더 가까워지려고 노력했다. 하지만 이러한 노력의 흔적이 짙게 배어 있음에도 불구하고 이 작품은 비평가들, 특히 좌파 비평가들로부터 심한 비난을 받았다. 노동자의 삶을 바라보는 해석과 영국 사회주의 운동에 대한 비판이 지나치게 주관적이고 피상적이라는 이유 때문이었다. 결국 이 작품을 계기로 영국의 사회주의 운동가들과 오웰은 틈이 벌어지기 시작한다.

1936년 7월 나치즘·파시즘과 자유주의 제국과의 첫 무력 대결이라 할 스페인 시민 전쟁이 일어나자, 오웰은 그해 12월 취재를 목적으로 바르셀로나로 떠난다. 오웰은 현지로 가서 자기 눈으로 직접 전란의 실태를 확인하고 그 진실을 발표하려 했던 것이다. 그러나 바르셀로나에 도착하여 긴박한 혁명의 기운이 팽배한 현장에 뛰어든 순간 오웰은 그 분위기에 완전히 감격하여 무슨 일이 있어도 행동으로 실천해야겠다는 감정에 사로잡혀 스스로 시민군(市民軍)에 참여하게 된다. 당시 정부군은 유럽 자유주의 국가뿐만 아니라 공산주의자와 소련의 지원을 받고 있었다. 오웰은 무정부주의 성격의 작은 단체인 P.O.U.M.(마르크스주의 통일 노동당)에 가담하여 통신원과 군인으로서 활약한다.

1937년 1월 초부터 아라곤 전선에서 직접 전투에 참가한 오웰은 그러나 5월의 어느 날 새벽 전투에서 그만 목에 총상을 입게 된다. 그리고 이 중상 때문에 그는 다시는 전투에 참가하지 못하고 바르셀로나로 후송된다. 그러던 중 반파시즘 인민 전선의 내부에 세력 다툼이 일어나 각 파의 대립이 날이 갈수록 격화되기에 이른다. 특히 소련 공산당의 지지를 받는 공산주의자들의 악랄한 모략과 허위 선전 공작에서 암살에 이르기까지 온갖 간계를 짜내어 암약(暗躍)하는 것을 똑똑히 목격하게 된다. 그것은 분명 혁명에 대한 배반이며, 공화정부측의 전력을 약화시키고 파시즘의 승리를 도와주는 반역 행위였다. 이윽고 스탈린주의자들에 의해 P.O.U.M.의 조직에 대한 탄압이 시작되어 지도자들은 체포될 위기에 처했으나 간신히 벗어나 프랑스로 탈출했다.

이 일로 오웰은 공산주의와 완전히 결별했다. 오웰은 예전부터 진리나 개인적 자유가 망각되는 사회는 결국에는 파멸에 이르고 말 것이라고 생각해 왔었는데, 스페인에서의 체험은 이러한 생각을 더욱 깊게 해 주었다. 그와 동시에 공산주의를 몹시 싫어하게 되었다. 그에게 공산주의는 사회주의라는 가면을 쓴 파시즘에 불과했다. 특히 그에게 충격을 주었던 것은 공산당을 지지하는 신문이 스페인 내란에 대해 그 얼마나 진실을 은폐하고 왜곡하여 허위 보도를 일삼는가를 경험함으로써 우익이든 좌익이든 전체주의 국가에서는 경우에 따라 진실이 얼마든지 왜곡되고 은폐될 수 있다는 것을 알게 된 일이다. 이에 대한 충격과 반발이야말로 후에 ≪동물 농장≫과 ≪1984년≫을 쓰게 된 동기가 되었으며, 진실의 은폐·왜곡·말살에 의한 언어 통제의 공포는 특히 ≪1984년≫ 구상의 핵심이 되었던 것이다. 이처럼 스페인 내란은 오웰에게 좌익이든 우익이든 독재 정치에 대한 증오와 희생자인 하층 계급에 대한 동정을 더욱 깊게 해 주었다.

이 스페인 내전에서의 생명을 건 귀중한 전쟁 체험을 세상 사람들에게 알리기 위해 쓰게 된 것이 1938년에 출간된 ≪카탈로니아 찬사 Homage to Catalonia≫(1938년)였다. 이 책은 매우 극적이고 비정할 만큼 객관적이고 생생한 르포르타주였지만, 너무 객관적이고 사실적이라는 이유 때문에 별로 인기가 없었다. 하지만 ≪카탈로니아 찬사≫는 매우 훌륭한 일급 르포 문학 작품이었다. 오웰은 이 작품을 발표함으로써 공산주의에서 완전히 돌아서게 된다.

20세기 최고의 우화(寓話) 탄생

오웰은 귀국 후 아내와 함께 런던을 떠나 하퍼드 주(州)의 월링 던에 있는 잡화점을 다시 열고 생활 근거지로 삼았다. 그리고 제 2차 세계대전이 시작될 때까지의 2년여 동안 가끔 찾아오는 손 님을 상대하기도 하고, 채소밭을 가꾸기도 하고, 닭과 염소를 치 기도 하면서 조용한 생활을 했다. 앞에서 얘기한 ≪카탈로니아 찬사≫는 바로 이 기간 동안에 완성된 것이다. 그러나 이 기간 동안에 스페인에서 입은 부상과 그때의 고생이 원인이 되어 본 래부터 앓아오던 폐결핵이 더 심해지게 되자 1938년 한해 겨울 동안 모로코로 요양을 가기도 했다. 모로코에서 보낸 겨울 동안 에 그는 네 번째 소설이 되는 ≪공기를 찾아서 *Coming Up for Air*≫(1939년)를 집필했다. 이 소설은 판매 실적에 있어서 다소 성공을 거둔 최초의 작품이었다. 이 소설은 보험 외판을 하는, 고독을 즐기는 중년 남자의 이야기였다. 경마로 돈을 번 주인공 이 고향을 찾아오지만 때마침 폭탄이 투하되어 집이 산산조각이 난다는 줄거리로 되어 있다.

제2차 세계대전이 발발할 즈음 영국으로 돌아와 있었던 오웰 은 평론집 ≪고래 뱃속에서 *Inside the Whale*≫(1940년)의 집 필을 막 끝낸 상태였다. 그는 전쟁이 터지자 곧바로 군대에 입대 하려고 애썼다. 그러나 건강상의 문제로 입대가 허용되지 않자 그는 민방위 부대에 자원 입대하여 근무했다. 그는 그 사이 '사회주의와 영국의 천재'라는 부제가 붙은 평론집 ≪사자와 유니콘 *The Lion and the Ynicorn*≫(1941년)을 썼으며, 1941년 초부터는 미국의 「파티잔 리뷰 *Partisan Review*」 지에 〈런던 통신 *London Letters*〉을 기고하기 시작했다. 그러나 가을 무렵부터는 더 이상 독립적인 작가 생활을 할 형편이 못 되었기 때문에 그는 영국방송협회(BBC)에 들어가 동양 지역 인도과에서 대담 프로듀서로 1943년 말까지 일했다.

전쟁중에는 줄곧 과로의 연속이었다. 밤늦게까지 일하는 건 예사였고, 철야를 하며 기껏 두세 시간 정도 잠을 잘 뿐 다시 일을 계속하는 날도 잦았다. 1943년은 오웰에게 여러 가지 점에서 전환기적 성격을 가진다. 3월에는 그의 어머니가 별세했다. 또한 건강과 시간상의 이유로 BBC를 그만두고, 그해 11월 영국 노동당이 지지하는 신문 「트리뷴 *Tribune*」의 문예부장이 되었다. 그가 1939년 이후에 문필 생활의 시간을 가질 수 있었던 것은 이때가 처음이었다. 그는 많은 수의 중요한 서평을 정기적으로 썼는데, 무엇보다도 중요한 것은 ≪동물 농장≫의 집필에 착수했다는 점일 것이다.

조지 오웰은 6개월 동안의 작품 구상끝에, 이 소설을 1944년 2월에 완성했다. 스스로 '내 평생에 피땀을 쏟아 넣어 완성한 유일한 작품'이라고 평했던 이 작품은 독재 정권, 전체주의 국가가 성립되기까지의 과정을 그린 우화 소설이다. 오웰의 자평(自評)

에서 알 수 있듯이 이 작품은 신선한 문체와 무리 없는 구성, 그리고 그의 재치가 곳곳에 번뜩이는 풍자로 이루어진 생생한 소설 세계를 보여 주고 있다.

하지만 이 작품은 한동안 출판사로부터 출판을 거절당했다. 전쟁중이라서 종이가 귀했기 때문이라는 이유였지만 ≪동물 농장≫은 비록 우화(寓話)의 형식을 취하고 있기는 해도 스탈린 독재하의 소련 전체주의 체제를 맹렬히 공격했기 때문이었다. 그 당시 소련은 아직 영국의 동맹국이었던 것이다. 이런 이유 등으로 출판이 늦어진 ≪동물 농장≫은 1945년 8월, 전쟁이 끝난 후에야 드디어 세상의 빛을 보게 된다. 일단 출판이 되자 이 작품은 대단한 호평과 함께 베스트셀러가 되었다. 특히 미국에서의 인기는 대단했으며, 다른 많은 나라에서도 번역이 되었다. 어느덧 42살의 중년이 된 오웰은 이 소설의 성공으로 비로소 경제적 안정을 되찾고 국제적 명성도 얻게 되었다.

영광의 시절, 그러나 고통스런 생애의 마지막

1945년 3월, 오웰의 아내가 대수롭지 않은 수술을 받다가 잘못되어 사망하게 된다. 아내를 사랑했던만큼 오웰의 슬픔은 컸다. 본래부터 좋지 않았던 그의 건강은 더욱 악화되었다. 그럼에도 불구하고 그는 자신의 최고 소설이 될 ≪1984년≫의 작품 구상에 몰두하기 시작한다. 마치 자신의 생명이 얼마 남아 있지 않음을 예감한 듯, 전체주의 체제의 폭력성을 세계에 알려야겠다는 사명감에 젖어 소설에 전념했다. 그러나 너무 무리한 탓으로 전부터 이미 앓고 있던 결핵이 심해져서 1946년 봄에는 논설, 평론 등의 집필을 일체 중단하고 런던의 아파트를 처분하여 그가 그렇게도 싫어했던 스코틀랜드의 서해안 가까이 있는 쥐라 섬으로 요양을 갔다. 그는 그곳에서 주위의 아무런 방해도 받지 않고 ≪1984년≫의 집필을 계속했다. 1949년에는 좀더 남쪽으로 요양을 가라는 의사의 권유에 따라 일단 글로세스터 주 스트라우스 부근의 새너토리엄에 들어갔다가, 친구들의 충고에 따라 다시 런던의 국립대학병원으로 옮겼다. 그리고 그 사이 심혈을 다해 ≪1984년≫을 완성했다.

　≪1984년≫은 일종의 정치 미래소설이다. 오웰은 이 이야기에 독재적 정치 아래서 지낸 자신의 온갖 체험을 담았다. 어리석은 혁명은 오히려 독재적 권위 체제를 낳는 원인이 된다는 것, 독재 체제가 그 권력을 획득하고 유지하기 위해 스파이 행위, 언론·사상의 통제, 생활의 획일화 등 모든 수단을 동원하여 진실을 왜곡·은폐·말살하는 것 등을 생생하게 그렸다. 그러나 오웰은 쓸데없는 관념을 배격하였으며, 명백한 사실이나 감정을 회피한다든지 정치를 추상화하는 것은 용납할 수가 없었다. 오웰에게는 차가운 논리보다는 정의나 연민에서 우러난 행동이 더욱 쉬

운 일이었고, 단순한 논리는 거의 믿지 않았다. 그래서 오웰은 자신이 생존해서 그의 예언의 결말을 볼 수도 있을 매우 가까운 장래에 소설의 무대를 설치해 놓고, 우리가 전율할 만큼의 참상과 인간성의 말살을 냉철하게 그려냈다.

≪1984년≫을 완성한 후, 오웰의 건강 상태는 기적적으로 호전되었다. 그 동안 명성을 떨친 이후 점차로 인기를 얻기 시작하고 있던 여러 저서의 재판(再版) 준비에 새로운 의욕을 보이며 전념했다. 1949년 9월, 그는 상태가 다시 악화되어 런던의 병원에 입원했다. 그리고 10월에는 소냐 브라우넬(Sonia Brownell)과 재혼했다. 그녀는 「호라이즌」지의 편집부원으로, 오웰의 에세이 출판에 관계한 적이 있는, 몇 년 전부터의 친구였다.

1950년 1월에는 비행기로 여행할 수 있을 만큼 체력이 회복되어 스위스로 정양을 떠날 계획을 세웠다. 그러나 이 여행은 실현되지 못했다. 여행을 불과 며칠 앞둔 1950년 1월 21일, 국립 대학병원에서 심한 각혈을 한 후 몇 분만에 급사(急死)하고 말았다. 47세의 아까운 나이로 마지막 작품의 위대한 성공을 보지 못한 채 죽음을 맞은 것이다.

전체주의와 싸웠던 순수한 문학의 사제

조지 오웰은 인간과 인간끼리의 순수하고 따뜻한 인간애와 인간의 품위를 존중하였고, 진정으로 완전한 평등함을 원했다. 오웰이 가장 중요하게 생각한 인간의 덕목(德目)은 '품위'였다. 그러므로 오웰이 영국의 계급제도를 저주하고 그것을 깨기 위하여 노력한 이유는 빈곤이나 계급제도 자체가 인간의 존엄성을 해쳐 품위를 떨어뜨린다고 여겼기 때문이었다. 오웰이 공산주의자들, 많은 사회주의 동료들과 때론 뜻을 같이 할 수 없었던 것도, 그들의 관념적인 생각들을 매우 신랄하게 비난함으로써 그들을 궁지로 몰아넣어 많은 적을 만든 것도, 그 근본 이유는 그들의 출신 성분과 목적을 위해서는 인간의 품위를 떨어뜨리는 일도 서슴지 않았던 당시의 공산주의자들과 사회주의자들의 가치관과는 많은 차이가 있었기 때문이었다. 인간과 인간 사이의 직접적이고 정직한 동지애와 함께 전통적인 충성심과 인간의 품위 있는 생활을 사랑했던 조지 오웰은 공산주의의 획일성과 목적성에 동조할 수가 없었던 것이다.

  이처럼 조지 오웰은 당시의 사회 상황에서 영국의 계급이 갖는 이익의 당위성을 긍정할 수도 없었고, 사회주의 세력이 주장하던 평등이라는 이름의 획일화에 순응할 수도 없었다. 그가 양쪽으로부터 압력을 받으면서도 끝까지 자신을 지켜나갈 수 있었던 것은, 일시적인 슬로건에 현혹당하지 않는 냉정한 사고력과 어릴 때부터 습관처럼 겪어 오던 고독 속에서도 결코 굽히지 않고, 도리어 그 고독 속에서 자신을 새롭게 관조할 수 있는 여유를 얻을 수 있었기 때문이었다.

전체주의에 대한 비판이 오웰이 전념하였던 과제들 중의 첫번째였다면 두 번째는 빈곤이었다. 이것이 그를 잠시나마 사회주의자로 만들었고, ≪1984년≫과 같은 작품을 쓰게 하였다. 오웰이 활동하던 시대에 영국은 역사상 그 유래를 찾아볼 수 없을 정도로 거대한 부를 누리고 있었지만, 노동자와 빈민들이 견뎌내야 하는 빈곤 역시 역사상 유래없이 참혹한 것이었다. 빈곤에 관한 문제는 조지 오웰이 느끼고 있던 계급제도의 모순점에 대해서 더 한층 확신을 심어 주었다. 그가 원한 것은 분명히 지배계급과 피지배계급의 차이를 없애는 것이었다. 그래서 오웰은 빈민 계급을 동정하였고, 그렇기 때문에 그들과 가까이하고 그들 속에 들어가서 그들과 기쁨과 슬픔을 함께 나누려는 노력을 계속했다. 그리고 이와 같은 실천 의지는 당연히 그를 정치적으로 만들었다.

그는 모든 예술은 프로파간다이며, 어떠한 책도 이데올로기적인 편견에서 벗어날 수는 없다고 하였지만 자신의 그러한 정치적인 작품들이 예술적인 것으로 여겨지기를 열망하기도 했다.

작가는 어떤 상황에서라도 정직하고 진실해야 하며, 어느 쪽에도 허위가 있다면 용서없이 이를 저지하고 폭로해야 한다는 것이 오웰의 작가 정신이었다. 그는 인생의 어느 시점에서든지 자신에게 가장 중요하게 생각되는 일을 주저없이 실천에 옮겼다. 어떤 상황에서든지 그 상황에 즉각적으로 반응, 실천할 수 있다는 것이 오웰의 장점이었다. 그것은 장엄하다는 말로 표현될 수밖에 없는 인간 행위의 절정이다.

오웰은 그의 생애의 끝까지 충실하고 정직한 민주사회주의자였고, 민주사회주의에 걸었던 오웰의 신념은 평생 변하지 않았다. 그는 민주사회주의의 개혁적 작가로서 인간성의 순수와 현대 문명의 정화(淨化)를 위해 싸웠고, 평생을 부패와 위선, 전체주의와 폭력성에 맞선 순수한 문학의 사제였다.

≪동물 농장 *Animal Farm*≫

≪동물 농장≫은 전체주의 국가가 성립되기까지의 과정을 그린 우화소설이며, 전체주의의 폭력성을 경고한 풍자소설이다. 이 작품은 매너 농장 — 매너(manor)란 봉건시대의 토지 단위로, '매너 농장'은 곧 농노에 의해 운영되는 봉건주의 사회의 농장을 상징함 — 에서 일어나는 독재화, 권력의 전체주의화 과정을 우화체로 쓴 것이다.

흔히 ≪동물 농장≫은 당시 스탈린이 집권하고 있던 소련의 상황을 모델로 한 것이라고 해석된다. 그래서 수퇘지인 메이저 영감은 마르크스로, 음험한 현실주의자이고 음모가인 나폴레옹은 스탈린으로, 나폴레옹에게 축출당하는 스노볼은 스탈린과의 권력 투쟁에서 패배하고 끝내는 그의 손에 죽은 트로츠키로 비유되기도 한다. 물론 조지 오웰이 당시 소련의 권력 투쟁에서 하나의 영감을 얻은 것은 확실하다.

그러나 《동물 농장》은 단순히 소련의 권력 체제를 모델로 쓴 것이라기보다는 전 세계에서 행해지고 있는 권력의 타락에 대한 경고이며, 지식인 작가의 고통에 찬 목소리인 것이다. 이 소설에는 권력이 한 사람의 독재자에게 이용될 때 일어날 수 있는 특권 계급의 특권을 이용한 타락, 그리고 독재자 손에 의하여 점점 나약해지고 어리석게 변해 가는 일반 대중들의 모습이 생생하게 묘사되어 있다. 또한 오웰은 독재자에 의해 자행되는 전체주의 국가에서의 피해자는 일반 대중뿐만 아니라 독재자 자신도 포함된다는 것을 실감나게 그렸다.

《동물 농장》은 수퇘지인 메이저 영감이, 농장의 주인은 착취하는 인간이 아니라 스스로 농사짓는 동물들의 것이라는 자각을 함으로써 시작된다. 메이저 영감의 자각은 곧 동물들에게 봉기하라는 호소로 이어지고, 굶주림에 지쳐 있던 동물들은 우발적으로 인간에게 항거하여 승리를 거둔다. 돼지들의 지도와 동물들의 협동 아래 즐겁게 일하고, 노력하며, 동물 농장은 새로운 전기를 맞게 된다. 수확량은 증가하고, 모든 동물의 특성을 살려 자발적으로 일하기 때문에 효율적으로 일이 진행되었으며, 여가 시간도 즐길 수 있게 된다. 그러나 이러한 계급이 없는 사회, 모두가 주인인 사회의 환상은 오래가지 않는다.

동물들 사이에서 권력 싸움이 일어나고, 이상주의자인 스노볼과 음흉한 현실주의자인 나폴레옹의 싸움은 당연히 나폴레옹의 승리로 끝나고 만다. 스노볼은 나폴레옹이 은밀히 기른 9마리의 개에 의해 쫓겨난다. 하지만 다른 동물들은 스노볼의 용감한 영웅성을 잊지 못한다. 이후 나폴레옹의 독재가 시작되었고, 철통 같은 규율을 강조하는 것만으로는 부족했다. 무엇인가 새로운 자극을 주는 대상이 필요한 것이다. 그래서 나폴레옹은 축출된 스노볼을 이용한다. 스노볼은 모든 동물들의 증오의 표적이 된다. 농장에서의 실패는 모두 그의 탓으로 돌려진다. 심지어는 충성도가 떨어지는 동물들은 모두 스노볼의 앞잡이로 처단된다.

독재자들의 전형적인 행적대로 이젠 더 이상 동물들이 모여서 얘기하는 일은 없어져 버렸고, 나폴레옹에게는 지도자란 지위가 붙고, 나폴레옹 찬가도 만들어진다. 어느 날 동물들은 자기들의 생활이 봉기 전의 생활에 비해 별로 달라진 것이 없다는 것을 깨닫게 되지만 이제 두려움과 우둔함, 나약함 때문에 어쩔 수가 없게 된다. 나폴레옹을 위시한 특권층 돼지들은 옛날 존스 시대의 생활을 그대로 답습하게 된다. 술을 마시고 인간들과 다시 포커를 치고 침대에서 자며, 동물들은 다시 노예 상태로 떨어지게 되고 만다. 그리고 옛날 봉기하던 시절을 뚜렷하게 기억하던 동물들도 점점 죽고, 새로운 동물들이 들어와 그들이 하던 일을 대신

할 뿐이다.

 드디어 돼지들은 손에 채찍을 들고 두 다리로 걷기 시작했으며, 묵묵히 일을 하던 복서를 남몰래 도살자에게 팔아넘기기까지 한다. 그리하여 동물들이 할 일은 이제 그저 자신의 노동력을 바쳐 일하는 것처럼 느끼게 되고, 결국 동물 농장의 운명은 존스가 지배하던 매너 농장의 상태로 다시 바뀌는 데서 이야기는 끝이 난다.